종료되었습니다

박하익
장편소설

종료
되었
습니다

황금가지

britg.kr

1장

귀소(鬼甦)

수화기 너머로 성희의 떨리는 목소리가 들려왔다. 앞뒤가 맞지 않는 말을 쉴 새 없이 주절대고 있었다.

"뭐? 천천히 다시 말해 봐."

진홍은 누나가 무슨 말을 하고 있는지 도무지 알 수 없었다. 그러자 성희는 답답하다는 듯 다시 큰소리로 외쳤다.

"엄마가 돌아왔어! 지금 텔레비전 보면서 콩나물을 다듬고 계신다고!"

어머니가 돌아오셨다고?

"이제 그놈을 잡을 수 있을 거야."

마지막 말에서는 섬뜩한 환희마저 느껴졌다.

"알았어. 곧 갈게."

진홍은 달래듯 전화를 끊었다. 책상 위에 놓인 커피는 이미 미지

근하게 식어 있었다.

누나의 얘기가 사실일까?

전화를 받고도 좀처럼 실감이 나지 않았다.

죽은 사람이 살아 있을 때 모습 그대로 돌아오는 일이 몇 년 전부터 발생하고 있다는 이야기는 진홍도 알고 있었다. 정확히 말하면 살해당해 죽은 피해자가 가해자를 직접 처벌한 뒤 홀연히 사라지는 현상이었다. 이들은 경찰이 범인을 체포하지 못했거나, 가해자가 사법 기관에 의해 온당한 처벌을 받지 못한 경우에만 나타나는 것으로 알려졌다. 그들은 오직 가해자만을 노렸으며, 신속하고 정확하게 자신의 원한을 갚은 다음 흔적도 없이 사라졌다. 언론에서는 괴이한 이 현상을 RVP(Resurrected Victims Phenomenon), 다른 말로는 '살인 피해자 환세현상'이라고 이름 붙였다. 경찰이나 비밀요원이 조용히 수습하는 정도로 덮어두기에는 이미 너무 많은 사건이 벌어진 탓에 RV(Resurrected Victims, 환세자)의 존재는 설인이나 외계인 그레이처럼 일반인 사이에도 널리 소문이 퍼지고 있었다.

모두 일상과는 거리가 먼 이야기들이었다.

며칠 전 매형과 통화했던 것이 생각났다. 누나가 새로 전근 간 학교에 적응하지 못해 퇴직을 고려할 정도로 스트레스를 받고 있다고 했다. 업무로 인한 스트레스가 망상과 환각을 만든 것이 아닐까.

진홍이 재킷을 걸치고 사무실 밖으로 나오자 비서의 얼굴이 구겨졌다.

30분 뒤에 스웨덴 바이어와의 원격 미팅이 잡혀 있었다. 서진홍이 공동대표로 있는 ㈜앤틱코리아는 서유럽으로 상권을 넓힌 이후 꾸준히 흑자를 기록 중이었다. 한국 대중문화의 성공은 무역 전반에 걸쳐 엄청난 파급효과를 만들어 냈다. 특히 작년에 수출되어 프랑스에서 대성공을 거둔 한국 드라마 「장인」에 쓰인 소품을 대부분 협찬한 덕분에 회사는 새로운 도약의 전기를 맞고 있었다.

"이민욱 대표 보고 알아서 하라고 해. 개략적인 내용은 협의가 끝났으니까."

"서 대표님도 자리를 지키셔야죠."

"어차피 사람 상대하는 일은 이 대표가 전문이잖아. 나야 들러리고. 메시지 넣어 두었으니 그렇게 알아."

한차례 잔소리가 쏟아지려는 걸 무시하고 바깥으로 나왔다.

도로변 가로수들은 어느새 단풍으로 옷을 갈아입었다. 오전 시간대의 탁 트인 도로를 누비며 진홍은 다시금 생각에 잠겼다.

순간적으로 착란을 일으킨 거야. 아니면 우울증……. 그래, 우울증 탓일 거야.

그동안 내색은 하지 않았지만 누나도 적이 괴로운 나날을 보냈을 것이다. 잠재되어 있던 마음의 상처가 갱년기 증상과 만나면서 공상허언증(空想虛言症)을 일으켰을 수도 있다. 거짓말을 만들어 내고 그 자신도 그것을 믿어 버리는 병.

핸들을 잡고 있는 손바닥으로 식은땀이 송골송골 맺혔다.

수화기를 통해 들려오던 누나의 열띤 목소리가 아직도 귓가에 생생했다.

'정말이야! 정말이라구! 진홍아. 지금 엄마가, 엄마가 지금 집에 있어!'

눈앞이 자꾸만 흐려졌다.

아니다, 그럴 리 없다.

도로는 오늘 열리는 국제 마라톤 대회로 부분적으로 통제가 되었다. 건너편 도로에서 색색으로 옷을 맞추어 입은 선수들이 무리지어 뛰어오는 모습이 보였다.

차 바로 옆으로 선수들을 안내하는 경찰 오토바이가 스쳐지나갔다. 선두로 달리는 선수의 얼굴은 볕에 그을리고 땀에 흥건하게 젖어서 광택을 낸 유기처럼 보였다. 오토바이에서 들려오는 엔진소리는 채찍소리처럼 거칠었다.

진홍은 눈을 감았다.

7년 전, 그날도 지금처럼 차를 몰고 어머니를 만나러 가고 있었다. 빛바랜 주황색 카디건을 걸친 어머니 최명숙은 선수들이 지나고 있는 맞은편 사거리 횡단보도에 서 있었다.

주차할 곳을 찾느라 주위를 두리번거리고 있을 때 사람들의 비명소리가 들렸다.

시선을 돌린 순간 오토바이를 탄 괴한이 어머니가 들고 있던 가방을 가로채고 있었다.

명숙은 바보처럼 끝까지 가방을 움켜쥔 채 놓지 않았다. 참다못한 놈이 품에서 흉기를 꺼내들었다. 끝이 둥글게 휜 쿠크리(Kukri) 나이프였다.

일곱 번.

놈은 진홍이 보는 앞에서 무려 일곱 번이나 어머니를 찔렀다. 그리고 가방을 빼앗아 들고 도주했다.

범인을 쫓아가야겠다는 생각을 하지도 못했다. 번호판 같은 건 보이지도 않았다. 차를 도로변에 버려둔 채 길에 쓰러진 어머니를 향해 내달렸다. 물소 떼처럼 달려드는 차들이 경적을 울려 댔지만 귀가 먹은 듯 사방이 조용했다.

아스팔트 위에 번지던 선혈.

한 걸음 한 걸음 내딛을 때마다 태양이 깜박거리며 점멸했다.

"엄마! 정신 차려. 엄마!"

아들의 고함 소리를 들은 명숙은 가늘게 눈을 떴다.

그녀는 움직이지 않는 입술을 옴짝거리며 작게 속삭였다.

"미안해."

당신이 칼에 찔려서 미안하다는 것인지, 돈을 빼앗겨서 미안하다는 것인지.

분명 후자였을 것이다. 어머니는 항상 그런 분이셨다. 당신보다는 언제나 자식들이 먼저였다.

만약 그때 괴한이 가로채려는 가방을 붙잡지 않았다면 명숙은 목숨을 잃지 않았을지도 모른다. 그러나 그 가방 안에는 막 사업을 시작한 아들을 돕기 위한 돈이 들어 있었다. 은행에서 송금해도 될 일을 며칠째 집에 들어오지 않는 아들 얼굴을 한번 보겠다고 직접 돈을 들고 왔다.

경찰이 곧바로 달려왔지만 진홍은 어떤 질문에도 제대로 대답하지 못했다.

범인의 인상착의, 오토바이 기종, 색상 등등 사건 해결에 도움이 될 만한 것은 하나도 기억나지 않았다. 감당할 수 없을 만큼 고통스러운 일을 경험하면 기억 기능에 문제가 생긴다고 정신과 의사는 설명했다.

명숙이 죽은 뒤, 진홍은 죽기 살기로 사업에만 매달렸다. 잠시라도 일을 하지 않으면 들개 같은 슬픔이 찾아와 자신을 물어뜯었다.

그러나 사업이 잘될수록 어머니의 죽음은 하염없이 날카로운 정으로 벼려져 그의 심장을 조각냈다.

길을 걷는 게 두려웠다. 어디를 가든 아줌마들의 모습은 비슷했고, 머리스타일, 뒷모습, 걷는 모양, 심지어 웃음소리까지 닮은 사람이 있었다. 명숙이 생전에 좋아했던 찐빵이나 호두과자를 볼 때면 가슴은 찢어지다 못해 터져 버렸다.

사업이 안정가도에 오른 뒤에도 허투루 돈을 쓸 수 없었다. 공동대표이자 동창인 이민욱이 자동차와 여자, 명품 등에 돈을 펑펑 쓰는 데 반해 진홍은 최소한의 생활비만 사용하며 검소하게 살았다. 돈 때문에 어머니를 죽게 만든 불효자식. 자책감이 그를 호사에서 멀어지게 만들었다.

해외 출장을 나갈 때도 마찬가지였다.

진홍의 어머니, 최명숙 여사는 해외여행 한번 가 보지 못하고 평생을 한국에서만, 그것도 변두리를 전전하며 살았다. 친구들이 부모

님께 동남아 여행을 보내드렸다는 이야기를 동창회 모임에서 건너
듣기라도 하면 허무감이 해일처럼 밀려왔다.

어느덧 차는 방화대교를 건너 개화동로에 접어들었다. 논밭 사이
에 자리한 초등학교를 지나 구불구불한 골목을 따라가자 낯익은 2층
양옥집이 보였다.

청담동에 오피스텔을 마련한 후 한 번도 가지 않았던 곳이었다.
어머니가 돌아가신 후 누나 부부는 2층만 사용하고, 1층은 어머니
생전 모습 그대로 방치해 놓았다. 진홍의 누나 성희도 그 일을 극복
하지 못하고 있었다.

대문은 열려 있었다. 베란다에 줄지어 늘어서 있는 화분에는 꽃
피운 대국이 자태를 뽐내고 있었다.

현관 계단을 올라 안으로 들어섰다. 어머니의 신발이 제일 먼저
눈에 들어왔다. 자그마한 단화가 금방 벗어 놓은 것처럼 흐트러진
채 놓여 있었다.

무릎에 힘이 풀렸다.

여기까지 오면서도 기대하지 않았다. 정확히는 실망하기 위해 달
려온 걸음이었다. 그는 어머니의 죽음을 지척에서 목격했다.

RVP라니. 그게 가당키나 한 일인가. 죽은 인간이 되살아났다는 황
당무계한 이야기. 뉴스와 신문에서 아무리 떠들어도 믿어지지 않았
었다.

그러나 그의 어머니는 버젓이 소파에 앉아 텔레비전 수상기를 응
시하고 있었다. 작은 키에 오동통한 몸매. 얼굴에 돋아 있는 기미까

지 예전 모습 그대로였다.

장례식이 끝난 후 태워 버린 빛바랜 주황색 카디건도 여전히 걸치고 있었다. 다행히 핏자국이나, 칼자국은 보이지 않았다.

"엄마……?"

가을 햇살이 파도처럼 늠실거리며 실내에 비쳐 들어왔다.

있을 수 없는 일이었다. 그러나 초현실적인 집 안 풍경이 집밖의 현실보다 몇 배 강력한 실감을 가지고 그에게 다가왔다. 7년 전으로 되돌아간 듯했다. 근무 중에 잠깐 점심을 먹으러 집에 들렀다가 엄마가 소파에 앉아 재방송되는 드라마를 보는 일상이다. 집밖에 세워 놓은 포르쉐보다, 어머니가 빨래를 개키며 텔레비전을 보는 지금 이 순간이 훨씬 해상도 높은 진실의 모양을 하고 있었다.

"엄마……?"

진홍의 목소리에 명숙이 이쪽을 바라보았다. 어딘지 모르게 초점이 흐릿한 눈이었다.

"우리…… 아들 왔어?"

응대하는 속도가 느리다.

"밥은?"

"대체 어떻게……."

"안 먹었어?"

명숙은 소파에서 일어섰다. 그러자 그녀의 발치에 앉아 있던 성희가 어머니의 손을 잡았다.

"엄마, 그냥 쉬어."

"동생 배……고프다잖니? 냉장고에 있……는 걸로 대충 해 줄 테니까……."

명숙은 휘적휘적 부엌으로 향했다. 감도가 낮은 수화기로 통화하는 기분.

초인종이 울렸다. 명숙이 생전에 다니던 교회에서 온 목사와 여신도 일행이었다. 예전의 진홍이라면 문전박대했겠지만 이번엔 달랐다. 없던 신앙심도 생길 판이었다.

"진홍이도 와 있었구나."

강예종 목사의 얼굴은 몹시도 추레하고 야위어 보였다. 반백으로 변한 생기 없는 머리카락과 검버섯까지 듬성듬성 돋은 그의 얼굴 어디에서도 성도 3000명을 데리고 목회하던 시절의 위풍당당함은 찾아볼 수 없었다.

명숙이 죽던 봄에 일어난 여신도 성추문 사건으로 성도들은 뿔뿔이 흩어졌다. 차라리 목회를 그만두라는 주변 사람들의 만류에도 굴하지 않고 강 목사는 가출 학생들을 위한 길거리 사역에 매진하고 있었다. 그래 봤자 재기를 위해 발버둥치는 쇠락한 정치인 같아 보일 뿐이었지만.

강 목사의 시선이 부엌 쪽으로 향했다. 그의 얼굴에 놀라움이 스쳤다.

"주여. 어떻게 이런 일이……."

여신도들도 놀라기는 마찬가지였다. 다들 성경을 가슴에 품고 중얼중얼 기도하기 시작했다.

사흘 전, 바람결에 들었던 뉴스가 떠올랐다. 최근 바티칸에서 RVP 현상에 대해 분석할 위원회를 소집하고 정식으로 조사에 착수했다는 소식이었다. 수백 년 동안 누적된 엑소시즘 기술을 가지고 있는 바티칸이었지만 RV를 퇴치하는 데 실패했다. RV들은 성수, 기도문, 묵주, 심지어 십자가와 은 탄환에도 반응하지 않았다. 엑소시즘이 행해지는 동안에도 일체 거부반응이나 반항심을 보이지 않았고 오히려 순종적이고 협조적이었다.

급진적 신학자들은 RV의 귀소를 성경에 예견된 '의인 부활'로 바라보기도 했다. 예수 재림 전 죽은 이들이 되살아난다고 한 성경 구절을 토대로 RVP가 세계에 임박한 종말을 예고하는 징조라고 해석했다.

"최 권사님. 최 권사님. 여기 보세요."

예종의 부름에 어머니는 고개를 돌렸다.

생전에 따르던 목사님을 만나자 어머니의 얼굴에 미소가 번졌다.

천사 같은 얼굴이었다. 귀신이나 악마에 들린 자들에게서 보일 법한 사특한 분위기는 조금도 풍기지 않았다.

예종의 입에서 저절로 성경 말씀이 터져 나왔다.

"하나님께서 그를 사망의 고통에서 풀어 살리셨으니 이는 그가 사망에 매여 있을 수 없었음이라."

명숙은 인사를 하고 식사와 차를 준비하기 시작했다.

그녀의 모습을 다들 넋이 나간 얼굴로 지켜보았다. 지상에 강림한 성인을 배견하는 듯했다.

여신도 권사 중 한 명은 손수건을 꺼내 눈자위를 찍어 눌렀다. 성희도 마찬가지였다.

다들 최면 상태에 빠진 것 같아.

그렇게 생각하는 진홍조차 이미 판단력이 흐려진 상태였다.

인생의 가장 공평한 진리는 죽음이라고 알고 있었다. 어떤 부귀자도, 성자도, 철학자도 죽음에서 비껴갈 수는 없다고. 한 번 죽은 인간은 결코 되살아날 수 없다고.

냉동수면 기술이 날로 발달하고 있지만, 아직도 냉동된 자들을 해동시키지는 못했다. 작년 11월 뉴질랜드의 한 연구팀은 냉동된 한 어린아이를 되살리는 데 성공했지만 아이는 2시간 만에 뇌사상태에 빠져 사망했다. 요즘 이슈가 되고 있는 인간 복제 기술도 죽은 인간의 기억과 의식을 이식하지는 못한다.

어머니는 죽었다.

진홍은 사건 현장을 두 눈으로 똑똑히 목격했고, 상주로서 장례식장을 지켰고, 화장터에서 어머니의 시신이 불타는 모습을 보았다. 납골당에 골분을 안치한 것도 진홍이었다. 경기도 안성시 일죽면에 위치한 어진혼 추모관 3층 2실 14열 4번에 있는 국화무늬 청자유골함이 어머니의 것이었다.

그럼에도 불구하고 지금 어머니가 저기 있었다.

감자를 자르고, 육수를 우려내고, 두부를 넣어서 된장국을 끓이고 있다. 진홍이 좋아하던 호박전, 참치김치볶음이 순식간에 만들어졌다. 과학과 이성 따위는 능숙한 도마질로 쓰레기통에 처넣는다.

음식 냄새를 맡고 있으려니 예전 일이 꿈처럼 느껴졌다.

'엄마가 죽는 꿈을 꿨어.'

어린 시절 악몽을 꾼 날이면 바로 옆에서 잠을 자던 어머니가 울먹이는 진홍을 안아 달래곤 젖가슴을 만지게 해 주었다.

손끝에서 느껴지던 생명의 양감.

성희가 속삭였다.

"상을 펴. 진홍아."

진홍은 정신을 차리고 뒷방에서 상을 가지고 왔다. 교회 사람들까지 앉을 수 있으려면 크고 넉넉한 상이 필요했다.

성희가 재빨리 상 위를 행주로 훔쳤다. 명숙은 쟁반에 담긴 그릇을 하나씩 내려놓았다. 음식이 놓이고, 다들 자리에 앉았다.

이것이 꿈이 아니라는 것을 확인하기 위해서 진홍은 허겁지겁 음식들을 욱여넣었다. 국은 입천장을 델 만큼 뜨거웠고, 김이 들어간 계란말이는 속이 다 익지 않아 촉촉했다.

얼마 전 남편을 천국으로 떠나보낸 이 권사가 처음으로 입을 열었다.

"최명숙 권사님. 예수님을 만나셨어요?"

물 잔을 내려놓던 어머니가 행동을 멈췄다. 여신도들의 물음이 계속 이어졌다.

"하나님은요?"

"하늘의 처소는 정말 아름답나요?"

"혹시 우리 희수는 못 봤수?"

명숙은 어려운 수학 문제를 받은 어린 아이처럼 당혹스런 얼굴을 했다. 이번에는 강 목사가 물었다.

"부활의 이유는 뭐지요? 공의의 하나님께서 당신에게 심판을 맡기셨나요?"

"심판……? 심……판……. 쥬디지오."

명숙은 천천히 단어를 따라 읊었다.

무언가를 회상하는 사람처럼 아니, 잊고 있던 명령어를 입력받은 기계처럼, 천천히 고개를 돌렸다.

명숙의 눈길이 밥상에 둘러앉은 사람들에게 하나하나 머물렀다. 그리고 마지막으로 진홍과 눈이 마주쳤다.

칼날처럼 예리한 시선이었다. 좀비로 되살아난 어머니의 시선이 진홍의 가슴을 속속들이 헤집었다.

까닥까닥. 명숙이 고장 난 마리오네트처럼 고개를 몇 번 흔들더니 별안간 자리를 박차고 일어섰다. 사나운 기세에 성희와 모두가 놀랐다.

"엄마!"

"최 권사님?"

지금까지의 느린 행동은 간데없이 사라졌다. 표범처럼 민첩한 움직임으로 주방에서 부엌칼을 집어 들고 나타나서는 자신이 배 아파 낳은 아들의 가슴에 칼을 내리꽂았다.

진홍은 어머니가 자신에게 덤벼드는 모습을 무방비하게 바라보기만 했다. 지척에 있던 강 목사가 재빨리 나서지 않았다면 비명 한

번 내지르지 못하고 황천의 객이 되었을 것이다.

예종은 가지고 온 성경을 방패삼아 진홍의 가슴으로 향하는 칼을 막았다. 어찌나 강한 힘으로 내리찍었던지 칼은 성경의 정중앙을 꿰뚫었다.

칼날은 책을 움켜잡고 버티는 강목사의 손바닥에 깊은 상처를 남겼다. 붉은 피가 낡은 셔츠 소매를 적시고 장판 위로 방울방울 떨어졌다.

그 뒤로도 한참 동안 최명숙의 발악은 계속되었다.

사람들이 어찌할 수 없을 만큼 명숙은 무차별적으로 아들을 공격했다. 잡히는 것은 모조리 던지고 부쉈다.

늙은 목사와 권사들이 이불로 감싸 명숙을 제압할 때까지 공격은 계속되었다.

온몸이 포박된 후에도 명숙은 이글거리는 분노의 눈동자로 진홍을 노려보았다.

한 번도 본 적이 없는 무서운 시선이었다.

최명숙 사건은 한국에서 일곱 번째로 발생한 RVP 사건으로 기록되었다.

2장

수사

RVP의 최초 발생 국가는 미국이다.

2027년 11월 애리조나 주에서 살던 매건 오스왈드는 추수감사절 축제를 위해 애플파이를 굽던 중, 현관을 걸어 들어오는 자신의 딸을 보았다.

푸른색 린넨 원피스를 입은 소녀는 분명 로버타 오스왈드였다. 오른쪽 다리를 저는 장애와, 주근깨의 모양이나, 미간을 찌푸리는 버릇을 봐도 확실했다. 그러나 매건은 소녀를 자신의 딸이라고 쉽사리 인정할 수 없었다.

매건의 딸은 13년 전에 실종되었기 때문이다. 돌아온다고 해도 열아홉 살의 모습이어야 했다.

그러나 로버타는 집을 나갈 때의 어린 모습 그대로 돌아와 벨을 누르고 매건을 불렀다.

"엄마."

인간은 상식을 뛰어넘는 미스터리한 사건을 체험했을 때 어떻게든 현상을 규명하려 안간힘을 쓴다.

매건과 그의 남편 리처드 오스왈드가 외계인을 떠올리게 된 것도 그런 이유였다. 건전한 사고방식을 가진 중산층 부부는 자신들이 평생토록 감상한 몇 편의 공상 과학 소설과 영화, 다큐멘터리를 조합해 새로운 세계관을 만들어 냈다. 외계인 단체를 찾아다니며 정보를 수집했고, 모임에 나가 외계인에 의한 납치와 기억 상실에 대한 이야기를 들었다. 최면술의 도움을 받으면 외계인을 만났을 당시의 이야기를 들을 수 있게 될 거라는 조언도 들었다.

부부는 추천받은 유명 최면술사에게 딸을 데려갔다.

처음 최면술이 시행되던 날, 부부는 딸의 입에서 외계인에 의한 잔혹한 생체실험이나 환상적인 우주여행 이야기가 나올 것을 기대하며 마음 졸였다.

그러나 로버타가 털어놓은 것은 전혀 의외의 이야기였다.

"그날 집을 나왔다가 삼촌을 만났어요. 삼촌은 제게 나쁜 짓을 했고, 그것이 들킬까 봐 제 목을 졸랐어요. 제 시체는 콜로라도 강변 바윗돌 밑에 묻혀 있어요. 제가 돌아온 건 그를 심판하기 위해서예요. 앞으로 저와 같은 이유로 되살아나는 사람들이 많을 거예요."

당시 로버타의 녹취 파일은 CIA에 의해 수집되어 RVP 사건을 담당하는 각국의 정보국 요원들에게 부분적으로 공개되었다.

최면이 시행되었던 날 저녁.

오스왈드 부부는 남동생 더글라스를 호출했다.

그러나 부부는 동생의 입에서 사건에 대한 어떤 이야기도 듣지 못했다. 더글라스가 현관을 지나 집으로 들어오려는 순간, 3층에서 7킬로그램 무게의 화분이 떨어져 그의 두개골을 박살냈기 때문이었다.

더글라스는 억 소리도 내지 못하고 현장에서 즉사했다.

부부가 3층 다락방으로 올라갔을 때 로버타는 빛을 내며 소멸하고 있었다.

RVP에 대한 어떤 보고도 이루어지지 않았던 시기였다. 오스왈드 부부는 사건에 대한 전면 재조사가 이루어질 때까지 3년간 동생을 모살한 혐의로 교도소 신세를 져야 했다.

두 번째 RVP는 같은 해 12월 초, 중국에서 일어났다.

당시 베이징에서는 재력가들의 첩 얼나이(二奶)들을 상대로 연쇄 살인 사건이 벌어지고 있었지만 좀처럼 범인이 잡히지 않고 있었다.

상황은 실종되었던 여성 3명과 시체로 발견된 여성 2명이 공안국에 출현하면서 급변했다.

당시 RV를 대면한 공안들 가운데는 시체로 발견된 그녀들을 부검했던 법의관도 있었고, 시체를 수습했던 감식 요원도 있었다. 직접적으로 죽음을 확인했던 여자들이 눈앞에서 살아 움직이며 그들이 누구에게 어떤 방식으로 살해당했는지 구체적으로 진술하는 걸 들은 이들은 기절할 정도로 놀랐다. 실종 상태에 있던 여성들도 죽은 여자들과 동일범에 의해 살해당했다고 주장하면서 자신들의 시체가 묻힌 곳을 알려 주었다.

전례가 없었던 일이기는 했지만 공안국장은 피해자들의 증언을 믿었다.

살인사건의 피해자야말로 사건의 가장 확실한 목격자이며 증인이며, 증거가 된다는 판단 때문이었다.

범인 왕이(王毅)를 잡기 위한 체포 작전이 이루어졌다.

그러나 공안들은 끝내 왕이를 생포하지 못했다. 왕이를 발견하자 다섯 명의 RV들이 개 떼처럼 달려들어 그의 몸을 물어뜯었기 때문이었다.

왕이는 다발성 손상에 의한 과다출혈로 현장에서 사망했다. RV들은 범인의 심장박동이 멈추자마자 현장에서 빛을 내며 소멸했다.

이 사건은 21세기판 '요재지이(聊齋志異)'라 불리며 한동안 신문지상에 오르내렸다.

RVP가 대중에게 공개된 때는 2029년이 되고 나서였다. 2005년에 발생했던 '런던 지하철 테러'를 심판하는 RVP가 발생한 후 비로소 세계인은 지구 위에서 벌어지고 있는 기현상을 주목한다.

기실 런던 지하철 테러는 2005년 7월 7일에 일어난 사건이었다. 지하철과 버스에서 동시다발적으로 폭탄 테러가 벌어져 700명이 넘는 부상자와 56명의 사망자가 발생했다. 당시 사건을 저지른 범인으로 4명의 파키스탄계 영국인이 체포되었다.

그리고 24년이 지난 2029년 6월 15일.

국왕의 생일을 축하하는 군기 경례 분열식(Trooping the Colour)을 위해 수많은 사람들이 런던에 운집했다. 마차에 탄 왕실 가족들은 버킹엄 궁전에서부터 더 몰을 거쳐 호스가드로 등장했고, 시민들에게 환영의 인사를 받았다. 가로수와 나란히 길가 깃대에 장식된 대형 유니언잭들이 초여름의 햇살 속에 용맹하게 휘날렸다.

사열식장 안으로 도착한 영국 국왕이 단상에 서자 국가가 연주되고 예포가 쏘아졌다.

바로 그 순간, 기마 위병 사령부 건물 뒤편에서 몸에서 빛을 뿜는 사람들이 나타났다. 정확히 56명이었다.

국왕과 로열패밀리, 세계각지에서 왕의 생일을 축하하기 위해 모인 귀빈들, 무장한 기마병과 근위대가 집합되어 있는 곳, 입장객들이 철저히 통제되는 행사에 기이한 사람들이 출현했다. 사이렌 소리가 사열식장에 울려 퍼지고 경호는 최고등급으로 바뀌었다. 이례가 없는 일에 로열패밀리들도 서둘러 대피했다.

그러나 현장에 있던 이들이나 중계를 텔레비전으로 보고 있던 시청자들은 고개를 갸웃거릴 뿐이었다. RV들은 외양만으로는 위협을 느낄 수 없는 보통의 일반 시민이었다.

그러나 그들은 곧 귀빈석을 향해 금속 파편을 던지기 시작했다. 나중에 조사를 통해 알려진 바로는 사령부 건물의 철제문을 훼손한 것이었다.

RV들의 목표는 아랍계 유명 부호 아흐마디 빈 하산이었다. RV들과 아흐마디의 거리가 30미터이상이었음에도 파편들은 총알처럼 정확하게 표적을 향해 빨려들었다. 근위대가 RV들을 막기 위해 총을 쐈지만 RV들은 전혀 타격을 입지 않았다. 오히려 사방으로 흩어지던 귀빈들이 총탄으로 인해 부상을 입었다.

피투성이가 된 아흐마디는 귀빈석 좌석에서 바닥으로 낙하했고 RV들은 그를 둘러싸고 쩌렁쩌렁한 목소리로 규호했다.

"심판이 완료되었다."

눈부신 빛과 함께 RV들이 증발하는 장면은 군기 경례 분열식을 생중계하던 BBC 카메라를 통해 세계 각국으로 보도되었다.

곧 사건은 보도 통제에 묶였지만 이미 관련한 모든 영상은 소셜 미디어를 통해 퍼져나갔다. 영국 전역에서 다양한 목격 제보와 증언이 쏟아졌다. 그중에 가장 주목을 받은 것은 호스가드에 출몰한 자들이 05년 런던 지하철 테러의 희생자들이라는 제보였다. 처음에는 믿지 않던 방송국들도 수십 수백 건이 넘는 연락을 받고는 인정하지 않을 수 없었다. 곧 RV들의 생전 정보가 뉴스로 다루어졌고 호스가드 영상과 일일이 대조되었다. 해시태그 1위는 1년 내내 '호스가드 RVP'였다.

05년 지하철 테러를 전면 재조사하라는 국민들의 여론이 들끓었다. 결국 영국 첩보국 MI-5는 아흐마디 빈 하산이 05년 런던 지하철 테러의 배후였음을 입증하는 신빙성 있는 증거를 공개했다.

사건 후, 가장 피해를 입은 것은 공개처형을 당한 부호가 아니라 뙤약볕 아래 열심히 훈련을 받고도 대중의 관심에서 멀어진 영국 근위병들이라는 우스개가 돌았다.

한국에서 지금까지 발생한 RVP는 총 일곱 건이다.

연쇄살인범에 의해 살해당한 여성들, 장기밀매 후 버려진 채무자, 가출 처리되었지만 사실은 남편이 죽인 베트남인 아내, 양모가 살해한 8살 소년 등등. RV들은 모두 자신들을 살해한 범인을 죽이고 소멸했다.

지난주 발생한 최명숙 사건은 처음에는 서울 경찰청으로 접수되었다가 곧바로 국가정보원(National Intelligence Service)으로 이관되었다.

최명숙 사건은 기존에 수집된 RVP케이스와는 여러 가지 면에서 달랐다.

심판당할 뻔한 서진홍이 RV 상태의 최명숙을 포박한 채 경찰에 신고했다는 점, RV가 복수를 완료하지 못한 생활 상태(이미 법적으로 사망 처리된 RV에게 '살아 있는 상태' 혹은 '죽어 버렸다'는 표현이 합당하지 않다는 지적에서 나온 특수 대체 표현. 살아 움직이는 RV는 '생활 상태에 있다'고 묘사하고 사라진 RV를 '소멸되었다'라고 표현하게 되었다.)로 포획되었다는 점 등. 지금까지 어떤 국가 정보기관도 생활 상태의 RV를 체포한 적이 없었다.

7년 전 최명숙 살인사건에 관한 재수사가 이루어졌지만 서진홍이 어머니를 죽였다고 여길 만한 증거가 발견되지 않았다는 점도 특이사항이었다.

7년 전 부검의는 최명숙의 옷깃에 남아 있던 범인의 DNA를 분석하여 놓았다. 그것은 서진홍의 유전자 정보와 조금도 일치하지 않았다. 다른 목격자들도 서진홍과 거의 같은 진술을 했다. 강도가 쓰러진 최명숙의 몸을 수차례 찔렀고, 오토바이가 도주한 직후 진홍이 나타나 어머니를 병원으로 옮겼다는 것이었다.

사건을 해결하기 위해 RVP 전담 조사관 백하형과 오경채가 배속되었다. 용의자와 만나기 전, 하형은 사건에 대한 파일을 몇 번이나 숙독했다.

"런던 지하철 테러 사건에서도 그랬잖아요. 주범과 종범이 따로 있을 경우에 RV들은 종범이 체포된 이후에도 나타나 주범을 처단했어요. 서진홍도 같은 경우겠죠. 그가 운영하는 회사는 당시 만성적인 자금난에 시달렸었고, 어머니가 돌아가신 뒤에 받은 보험금으로 재기했어요. 냄새가 나죠."

깔끔하게 다듬어진 단발머리를 쓸어 넘기며 하형이 말했다. 경채는 시큰둥한 표정으로 어깨를 으쓱했다.

"증거가 없잖아. RV인 어머니가 아들을 죽이려고 했으니 무조건 그가 주범이라는 식으로 몰아붙이는데……."

"선배. 지금까지 RV가 무고한 사람을 심판하려드는 경우는 단 한 번도 없었어요. CIA 쪽도 인정했잖아요."

"이 세상에 절대적인 게 어디 있어? 죽은 사람이 되살아났다는 것도 괴상한데 RV들이 정의의 편에서 움직이고 있다는 이야기를 믿으라구?"

경채의 투덜거리는 말을 들으며 하형은 잘근 입술을 깨물었다.

그건 네 생각이지. 귀납법도 몰라?

앞으로 이런 인간과 얼마나 함께해야 할지 생각만 해도 짜증스러웠다. 제42대 전현모 원장이 취임하면서 하형의 부서는 대규모로 물갈이 되었다. 이전까지만 해도 RVP 전담 부서는 위험성과 특이성 때문에 승진 점수가 제일 높아서 국정원 내 가장 출중한 요원들이 거쳐 가는 필수코스 같은 곳이었다. 그러나 지금은 어중이떠중이의 집합소가 되고 말았다.

대표적인 인간이 새로운 파트너 오경채 요원이었다.

"혼돈이야말로 현상계를 운용하는 기본 원리야. 이 어두운 세상에 정의의 심판자처럼 멋들어진 게 어떻게 존재할 수 있냐? RVP는 누군가가 고안해 낸 아주 불온한 음모야. 사람들에게 절대적인 신뢰를 얻고 나중에는 뒤통수를 때리는……."

날렵한 몸매에 차가운 인상 등. 겉만 보면 오경채는 비밀요원에 가장 어울리는 외모를 가지고 있었다. 그러나 업무가 액션영화를 찍는 일이 아니니 실제 요원에게 이런 외모는 오히려 감점 요인일 뿐이다. 입만 열면 자신이 가진 남다른 철학과 정신세계를 주변인들에게 강요한다는 점도 문제였다. 덕분에 철저하고 현실적인 NIS 요원들 사이에서 노골적으로 따돌림을 당하고 있었다. 본인은 전혀 신경 쓰지 않았지만.

지금까지 말귀가 통하는 유능한 파트너들과 빈틈없이 승점을 관리해 온 하형에게는 감당하기 괴로운 상대였다. 심지어 선배다. 지난달 회식 술자리에서 차장님께 말실수를 했던 것이 이런 결과로 돌아오게 될 줄은 꿈에도 몰랐다.

"하지만 서진홍 씨는 범적(犯跡)이 있어요. 개인적으로 조사하던 중에 대학교 때 있었던 일을 알아냈는데…….”

“대학교 때?”

태블릿에 저장해 둔 내용을 블루투스로 경채에게 넘겨주었다. 서진홍이 대학교 2학년 시기 일어난 집단 성폭행 사건에 연루되어 있다는 내용이었다.

그 당시 진홍은 풍물 동아리 친구들과 함께 소외계층 아이들에게 공부를 가르치는 봉사활동을 했다. 사건은 수능시험을 100일 앞둔 날 일어났다. 그날은 진홍이 다녔던 대학교의 축제가 끝나는 날이기도 했다. 풍물패 회원들은 공연이 성공리에 끝난 것을 축하하며 뒤풀이를 벌였다. 점점 취기가 오르고 분위기가 야릇해졌을 무렵, 그들이 가르쳤던 학생들 중 신제아라는 이름의 고3 수험생이 백일주를 달라고 찾아왔다. 치매 걸린 할머니와 단둘이 사는 예쁘장한 아이였다.

“몸이 만신창이가 되었는데도 피해자는 소문이 무서워서 고발하지 않았어요. 강간범들은 장학금까지 받으며 학교를 졸업했구요. 나중에는 괜찮은 직장에 취직했죠. 누구처럼 유망 기업의 CEO가 된 사람도 있어요. 피해자는 어떻게 됐냐구요? 현재 하얀 건물 특실에 투숙하고 있습니다.”

“이야, 너 괜히 엘리트라고 불리는 게 아니구나.”

경채는 눈을 크게 떴다. 그 정도 사건에 연루되고도 두 발 빼고 자는 정도의 인간이라면 범죄 가능성이 전도유망하다. 물론 강간범과 살인범 사이에는 크나큰 차이가 있고, 살인범과 존속살인범 사이에도 엄청난 차이가 있지만, 경채는 일단 용의자를 선량한 일반 시민으로 여기고 접근하려고 했던 처음 생각은 보류하기로 했다.

하형은 취조실 문을 거침없이 열어젖혔다. 안에는 문제의 용의자 서진홍이 앉아 있었다. 30대 후반이었지만 피부가 희고 잡티가 없는 깔끔한 얼굴이었다. 언뜻 보면 유약해 보이지만 눈매나 콧날은 단정하고 차분해서 보면 볼수록 여간내기가 아니라는 생각이 들었다. 흰 피부가 눈가 그늘을 더욱 도드라져 보이게 했다.

진홍은 요원들을 보자마자 물었다.

"어머니는 어디 계십니까?"

"잘 지내고 계세요."

쌀쌀맞은 어투로 하형이 대답했다. 속이 빤하게 들여다보이는 질문에 응대하기 보다는 곧바로 본론에 들어가고 싶었다. 그녀는 오른팔에 끼고 있던 파일을 앞으로 펼쳐 보였다.

진홍은 조심스럽게 그것을 받아들었다.

그 안에는 지난 며칠 의료진이 RV 최명숙에게 실시한 소변 검사, 혈액검사, 엑스레이, MRI, 내시경 검사 등등 모든 검사의 결과가 들어 있었다. 그녀의 불가해한 출현과는 상반되게도 모든 수치는 정상이었다. 심지어 정신 건강 테스트에서도 이상 없음 판정을 받았다.

의료진은 생활 상태의 RV와 살아 있는 인간을 변별할 만한 어떤 특이점도 발견하지 못해 절망하고 있었다.

검사 결과를 확인하고 진홍은 조용히 미소 지었다.

"다행이네요. 예전에는 갑상선 수치가 높으셨는데……."

테스트를 받은 것은 최명숙만이 아니었다.

진홍 역시 국내에서 최고로 손꼽히는 진술분석가, 프로파일러, 범죄심리학자가 달라붙어 다양한 정신감정을 진행했다.

"지난번에 했던 PCL-R 테스트 기억나죠? 결과가 어떻게 나왔는지 궁금하지 않나요?"

"정상으로 나왔겠죠. 전 사이코패스가 아니니까요."

진홍은 담담하게 말했다.

"다시 말하지만 어머니의 죽음과 저는 무관해요. 경찰서에 어머니를 모시고 갔던 것도 저예요. RV 어머니가 저를 죽이려고 하는 상황이고 의심받을 것이 뻔했지만 감수했어요. 진짜 범인을 잡는 게 우선이니까요. 당신들이 범인을 잡아서 감옥살이를 하게 만들면 RV인 어머니는 범인에게 손을 대지 못할 겁니다. 그러면 저도 언제 어머니가 증발할지 모른다는 공포에서 벗어날 수 있게 되겠죠."

하형은 그의 눈동자를 바라보았다. 언뜻 들으면 논리적인 해명같이 들린다.

그러나 그녀는 진홍의 말을 믿지 않았다. 그가 어머니를 경찰서로 데려온 것은 사실이지만 그것이 꼭 자의에 의해서였다고는 볼 수 없었다. 신생 기업의 오너로서 도망갈 수 없다는 현실적인 체념이 작용한 결과 아니었을까.

일단 최명숙을 억류해 놓으면 자기 목숨은 부지할 수 있고, 의혹에서도 벗어날 수 있을 테니까.

PCL-R 테스트도 믿을 수 없었다. 어차피 PCL-R은 교육 수준이 높은 사이코패스를 변별하기에 합당하지 않은, 빤한 문항으로 이루어진 테스트였다.

진홍은 계속해서 말을 이었다.

"당신들이 저와 어머니를 장기간 감금하는데도 변호사를 부르지 않고 순순히 따르고 있는 것도 오로지 진범을 잡기 위해서예요. 이쯤 되면 알아냈어야 하는 것 아닙니까? 어머니를 죽인 범인은 대체 누구죠? 최면 요법을 시행해 봤어요?"

"이미 시행했어요."

"결과는?"

"들려드리죠."

흥미롭게 이야기를 듣고 있던 경채는 파트너에게 발을 밟힌 후, 들고 있던 태블릿 PC를 내려놓았다. 최명숙 최면 동영상을 실행하고 재생시간을 12분 30초에 맞췄다.

어두운 방 안.

최면에 걸린 최명숙에게 의사가 세 번째 질문을 던지고 있었다.

"……당신은 누구를 심판하려고 돌아왔습니까?"

"나를 죽인 사람을 심판하기 위해……."

무아지경에 빠진 최명숙은 꿈꾸듯이 대답했다.

"당신을 죽인 사람이 아들, 서진홍 씨 맞습니까?"

"아니. 아닙니다. 그 아이는 날 죽이지 않았어요."

최명숙은 거칠게 고개를 저었다. 안락의자가 흔들릴 정도였다.

"그럼 왜 진홍 씨를 공격하셨죠?"

"그 아이가 나를 죽였으니까. 그놈이 날 죽였어요."

"그게 무슨 말이죠? 최명숙 씨? 방금 전에는 진홍 씨가 당신을 죽이지 않았다고 말했잖아요."

"그 아이는 저를 죽이지 않았어요."

"그런데 당신은 그를 왜 공격하는 겁니까?"

명숙의 얼굴에 몹시 혼란스러운 빛이 떠오르면서 그녀의 몸에 경련이 시작되었다.

"그놈이 나를 죽였으니까!"

"영상을 멈춰 주십시오."

진홍이 소리를 질렀다. 어머니가 괴로워하는 영상을 보자 동요된 모양이었다. 그는 자리에서 일어나 취조실을 서성거렸다.

"어머니가 왜 저런 식으로 반응하는 거죠? RV들은 정확히 범인을 찾는 존재들 아닙니까?"

"맞아요. CIA가 치밀하게 사후조사를 한 후 더욱 확실해졌죠. RV들은 실수한 적이 없어요. 단 한 번도."

하형이 입꼬리를 추켜올리며 말했다.

"그럼 어머니는 왜?"

"이유는 서진홍 씨가 더 확실하게 알고 계실 텐데요."

두 사람 사이의 분위기가 험악해졌다.

하형은 천천히 팔짱을 끼었다.

"지금까지 수집된 케이스를 보면 RV들은 부활한 후에도 미약하나마 자아를 보존하고 있는 것으로 나타났어요. 어쩌면 최명숙 씨는 아들이 자신을 죽였다는 걸 알고 있지만 무의식중에 진실을 거부하고 있는지도 몰라요. 사실 지금까지 보고된 어떤 RVP 사건 중에서도 자식이 부모를 죽인 케이스는 없었거든요. 어머니가 당신을 너무 아낀 나머지 집착을 보일 정도였다는데, 맞나요?"

"전 범인이 아니라니까요! 도대체 몇 번을 말해야 알겠어요? 그때 어머니 옷에서 채취된 유전자 주인은 찾았어요? 그 사람부터 데려오고 말을 해요. 설마 아직까지 못 찾은 건 아니겠지요? 제일 중요한 의혹도 규명하지 못하고 무슨 근거로 절 범인으로 몰지요? 다시 한 번 말하지만 저는 무죄예요. 결백하단 말입니다."

사실 국정원에는 전 국민을 상대로 비밀리에 구축해 둔 유전자 데이터베이스 시스템이 있었다. 세계 정보국 가운데서 열 번째였다. 그러나 최명숙의 카디건에서 채취된 유전자는 해당자가 나오지 않았다. 전문가의 분석 결과 유전자의 주인이 중국 한족일 확률이 가장 높다는 보고를 받았을 뿐이다.

중국 공안에 유전자 분석 시스템을 가동해 달라고 비밀 서신을 보냈지만 답변은 돌아오지 않았다. 인구가 많아 데이터베이스가 제대로 구축되지도 않았고, 암암리에 정보를 바꿔치기 한 경우도 많아 신뢰성에도 의심이 갔다.

진홍의 말을 듣고 하형은 웃음을 터뜨렸다. 이제 준비된 화살을 날릴 때였다.

"당신이 결백하다고요? 신제아 씨는 어떻게 생각할까요?"

갑자기 튀어나온 과거의 이름을 듣고 그는 몸을 움찔했다. 얼굴에는 당황한 기색이 역력했다. 그는 무언가 말을 하려고 했지만 곧 다시 입을 다물었다.

하형의 입가에는 엷은 미소가 번졌다. 그녀에게 서진홍 사건은 넝쿨째 들어온 호박이나 마찬가지였다. 이번 사건을 잘 처리해서 특진을 하는 것이 목표였다. 두 사람 사이에 팽팽한 긴장감이 흘렀다.

경채가 끼어들었다.

"당신의 말이 옳다는 가정을 해 보죠. 그럼 당신 어머니는 불량품입니다."

"뭐라구요?"

진홍이 눈을 치켜떴다. 넌 또 뭐냐는 표정이었다.

"유일하게 불량을 일으킨 RV라는 말입니다. 개인적으로는 당신 말이 옳았으면 좋겠군요."

"옳았으면 좋겠는 게 아니라, 옳아요."

"하지만 어쩝니까? 아직 입증할 수가 없는데……. 최명숙 씨가 당신을 죽이고 소멸하면 유죄. 소멸하지 않으면 무죄. 그렇게 결론을 내릴 수도 없는 노릇이잖아요. 아무리 효성 깊은 아들이라도 목숨을 걸고 배팅할 수는 없을 테니까요. 좀 기다려 주세요."

위로랍시고 하는 말일까. 경채는 본인이 결례를 하고 있다는 자각도 없었다. 마냥 벙글벙글 웃을 뿐이었다.

진홍은 주먹을 쥐었다. 경채가 한마디만 더 보태면 얼굴을 후려칠 생각이었다.

3장

진범

취조실과 침실을 오가며 갇혀 지낸 지 벌써 한 달째. 감옥 생활과 다를 바 없었다. 천장에는 CCTV가 설치되어 있었고, 모든 대화는 도청당했다. 핸드폰으로 외부 통화는 할 수 있었지만 감청당하는 기분이 들었다. 유일하게 허락된 오락은 텔레비전 시청이었다. 평소에는 일이 바빠 뉴스만 보던 그가 지금은 하루에도 열 시간 이상 텔레비전을 시청했다. 거의 모든 프로그램의 출연진과 제작진을 줄줄 뀔 정도였다. 가요 프로그램에 나와 춤을 추는 아이돌의 순위를 체크하고, 코미디 프로그램을 보며 웃었다. 세상은 12월 대통령 선거를 앞두고 치열해진 후보들 간의 경쟁으로 떠들썩했다. 주식시장에서는 대선 후보 테마주와 생명과학 관련 주식들이 강세를 보였다. 자동 운행 차량을 허가하는 법안이 국회를 통과했으며 핀테크 업체들의 개인정보 유출이 문제시되기도 했다. 실종된 홍지은 학생에 관한 수사는 잘린 손가락이 발견된 숙박업체 주변을 활공하던 도로 교통 공단 드론에 찍힌 영상이 수집되면서 활기를 띠었다.

진홍은 어머니와 같은 방을 쓰지는 못했다. 명숙이 진홍과 함께 있으면 발작적으로 공격했기 때문이다.

대신 방을 반으로 나누어 가운데에 차단막을 두고 생활했다. 차단막은 위와 아랫부분이 뚫려 있어 어머니의 기척을 느낄 수 있었고 말도 나눌 수 있었다.

되살아난 어머니와 한 달 동안 생활하면서 알게 된 사실은 직접 눈을 마주치지 않으면 발작은 일어나지 않는다는 것이었다. 눈을 마주치는 순간 어머니의 인격은 180도 변했다.

그럼에도 진홍은 모든 걸 다 감수했다. 범인만 잡히면 누명을 벗을 수 있을 테고, 그렇게 되면 어머니와 예전처럼 살 수 있을 것이다. 그것으로 충분하다. 감옥이 아니라 지옥이라도 감내할 수 있다.

가끔씩 외부 사람들과 통화를 했다.

전화가 연결될 때면 성희는 짜증을 냈다. 찾아와도 만날 수 없고, 음식이나 옷가지 등을 전달할 수 있을 뿐이다.

"얼마나 더 기다려야 하는 거야? 교회분들이 겨울 부흥회에 참석할 수 없겠냐고 매일 전화하고 있어. 엄마가 간증하면 새로운 신자들이 많이 늘 테니까. 거머리들 같다니까.

백화점 갔다가 예쁜 옷이 있어서 몇 벌 샀어. 엄마한테 잘 어울릴지 모르겠다. 겨울 되기 전에는 나올 수 있는 거지? 남편이 장모님 모시고 태국 가겠다며 여행사에 예약해 놨는데……. 12월 중순이면 스케줄 비울 수 있을까? 너만 괜찮다면 다 같이 가고 싶어. 어렸을 때처럼 엄마랑 맛있는 것도 먹고 사진도 찍고 하자."

몇 번이나 망설이던 진홍은 겨우 이야기를 꺼냈다.

"누나. 걔는 잘 지내?"

"누구?"

"제아⋯⋯."

신이 나서 늘어놓던 말이 뚝 끊겼다.

"정신병원 들어갔다면서? 왜 나한테는 얘기 안 했어?"

"네가 신경 쓸까 봐서 그랬지. 바쁜데."

한참 만에야 대답이 돌아왔다.

"나도 어느 정도는 알고 있어야 하잖아."

"솔직히 너는 할 만큼 했어. 지금까지 그 집에 부친 돈이 얼마니? 너 아니었으면 그 집 할머니 진즉에 돌아가셨어. 유난떨지 마. 다른 애들은 신경도 안 쓴다니까. 호석이는 작년에 결혼했구, 민준이는 이번에 둘째 낳았다드라. 원래 날라리 같은 아이였다며? 그 일 때문에 인생 망칠 뻔한 건 억울하지도 않니?"

호석이 형이 결혼을 했다는 사실을 진홍은 전혀 몰랐다. 그 일이 있은 후 풍물패는 완전히 해체되었고 군대를 가거나, 휴학, 조기 졸업을 하며 찢어진 그들은 두 번 다시 모임을 갖지 않았다.

투실투실한 몸매에 사람 좋은 미소를 입에 붙이고 살던 호석 선배와 언제나 아이들을 챙기던 동기 민준의 얼굴이 진홍의 머릿속을 스쳐지나갔다. 수줍음이 많아서 나서지 않던 영호와 후배들을 살뜰히 챙기던 재경 선배도. 모두 성실하고 선량한 사람들이었다. 장학금을 받기 위해 열심히 공부하고, 부모님 부담을 덜어드리기 위해 아르바이트를 하는 와중에 봉사활동을 했다. 월급을 받으면 어려운 처지의 후배들에게 밥을 사 주었다. 술도 편의점에서만 조달해 마시던, 소심하지만 속정은 깊은 그런 이들이었다.

착하기는 제아도 마찬가지였다. 원래 날라리 같은 아이라니. 사고 전의 제아를 만나 보지 못했으니까 할 수 있는 말이다. 어려운 환경을 살다 보니 성격이 드세졌지만 마음만큼은 맑고 여린 아이였다. 한동안 선생님들을 경계했지만 친해진 후에는 누구보다도 열심히 공부하며 그동안 뒤떨어진 학업을 만회하려 애썼다.

그런 아이를 짓밟았다니.

도대체 어떻게 그런 끔찍한 일이 일어났는지 지금도 이해가 되지 않았다.

제아가 신고를 포기했을 때는 또 얼마나 안도했던가. 치졸한 이기심이었다.

그때의 벌을 받고 있는 걸까.

어머니가 돌아가셨을 때도 떠나지 않던 자책이 다시 한 번 고개를 쳐들었다. 절대자는 진홍의 비겁한 행동을 심판하기 위해 어머니를 죽이고 다시 소생시켰는지도 모른다.

하지만 천벌을 받아야 한다면 내가 받아야 하잖아. 어머니는 무슨 죄야?

민욱도 수차례 연락을 취해 왔다. 회사의 공동 대표인 그는 재벌가 방계인 자신의 인맥을 최대한 동원해 진홍을 빼내기 위해 안간 힘을 쓰고 있었다.

"뇌물도 주고 사람도 썼는데 너 빼내기가 왜 이렇게 힘드냐? 연예인 모시는 것도 아니고. 젠장. 소문날 루트는 지금 다 내가 막고 있는데 똥줄이 바짝바짝 타. 너 억류되어 있는 거 주주들이 알면 주가 곤두박질칠 텐데 어뜩하냐.

솔직히 불어, 인마. 너 대체 뭔 일을 저지른 거야? 대체 무슨 죄를 지었기에 우리 큰할아버지 끗발도 안 먹히냐구. 응?"

숨긴다고 숨겨지는 일도 아니고, 민욱에게는 이야기를 해 두어야 할 것 같아서 사실을 털어놓았다.

전말을 모두 들은 민욱은 코웃음을 쳤다.

"지금 상황에 농담이 나와? 차라리 외계인이 나타났다고 해라."

아무리 이야기를 해도 민욱이 믿지 못하자 진홍은 누나에게 연락해 어머니가 돌아오던 날 찍어 둔 동영상을 보내 달라고 부탁했다. 텔레비전을 보며 마늘을 까고 있는 어머니의 모습을 핸드폰 카메라로 녹화한 것이었다. 영상 속에서 성희는 명숙에게 TV 속 최신 드라마의 내용 전개를 설명하고 있었다. 명숙도 등장인물에 대해 질문을 했다. 명숙이 살아 돌아왔다는 걸 증명하는 최고의 증거였다.

진홍은 전화를 끊고 민욱이 누나가 보낸 동영상을 수신하기까지, 상황을 받아들일 때까지 기다렸다.

민욱은 진홍과 고교와 대학을 함께 다녔고 진홍의 어머니와도 안면이 있었다. 두 번인가 세 번 정도 집에 놀러와 밥을 얻어먹었다.

진홍의 어머니는 재미없고 공부만 하는 모범생 아들과 어울려 주는 민욱을 고마워했다. 강건하고 당돌한 성품을 가진 민욱은 남자들 세계에서 항시 리더의 역할을 하는 재목이었다. 진홍도 민욱과 친해질 수 있어 행운이라고 생각하고 있었다. 계급도, 살아온 환경도 달랐던 아이였다. 샌님처럼 책만 파던 진홍은 그를 통해 새로운 세계를 만났다. 고3때부터는 거의 같이 생활하면서 공부를 함께 했다. 덕분에 진홍의 교우관계도 편해졌고, 민욱의 성적도 눈에 띄게 좋아졌다.

생각보다 시간이 오래 걸렸다. 다시 전화가 걸려온 것은 한 시간이 훌쩍 넘은 뒤였다. 조작된 영상이 아닌지 확인하느라 오래 걸렸다고 했다.

"근데 정말인 거냐? 진짜 너희 어머니가 돌아오셨어? 옆에 계시면 영상 통화로 좀 비춰 봐. 인사라도 드려야지. 아니, 솔직히 못 믿겠어. 어떻게 죽은 사람이 살아 돌아와?"

갑자기 밖에서 쾅쾅 문을 두드렸다. 철문에 난 작은 유리창으로 밖을 보니 진홍과 어머니를 감시하는 익숙한 얼굴이 보였다. 마르고 매섭게 생긴 눈을 치켜뜨고 완강하게 금지 의사를 표현하고 있었다.

"그냥 사업 얘기나 하자. 인간문화재들이랑은 어떻게 됐어? 사업장 견학한 뒤에 반응은 좋았다면서? 계약은 될 것 같아?"

"러닝으로 달라더라. 우리가 제시한 금액도 고색 쪽에서 접근한 것보다는 작다면서……. 노인네들 돈 맛 들더니만 무서워."

"몇 퍼센트 불렀는데? 어차피 사업에 대해 무지한 양반들이야. 적당한 선에서 잡아 주면 러닝이 더 나을 수도 있어."

시급한 사안을 협의하고 나서 전화를 끊었다.

처음에 왔을 때 창밖에 보였던 양버즘나무는 이제 모든 잎사귀를 떨어뜨리고 앙상한 가지를 드러내고 있었다.

인도 바닥이 비꽃으로 얼룩덜룩해졌다. 예보한 대로 소나기가 내리는 모양이었다. 히터 때문에 유리창에 김이 어렸다.

칸막이 너머로 규칙적인 숨소리가 들렸다. 실내 공기가 건조하다 보니 호흡이 다소 거칠었다. 진홍은 손바닥으로 유리창을 닦아 내며 혼잣말처럼 나직이 읊조렸다.

"예전에 아버지가 살아 계셨을 때, 이천에서 살 때 기억나? 다섯 살쯤이었나……? 그때 점심 먹고 나니까 너무 피곤해서 엄마, 나 너무 졸려요 하니까 엄마가 대청마루에 자리 깔고 팔베개 해 줬었어. 여름이라 매미들이 시끄럽게 울었구."

수채화처럼 맑게 채색된 추억이었다.

그것은 어머니가 돌아가시고 난 후, 진홍이 가장 자주 떠올리던 기억이었다.

따지고 보면 별것 아닌 일인데, 그 하잘 것 없는 기억 한 오라기가 아른아른 진홍을 자주 괴롭혔다. 술을 마실 때마다 똑같은 술주정을 하는 그를 보고 민욱이 신세한탄 겸 위로를 했다.

"그런 추억이 있다는 걸 고마워 해, 새꺄. 나는 매일 두들겨 맞은 기억밖에는 없다."

민욱의 어머니는 유명 대학의 음대 교수였다. 섬세하고 교양 있는 분이셨지만 아들에게는 매우 엄했다. 딸에게는 자상하면서 아들에게는 매질을 아끼지 않았다고. 기대가 컸기 때문일 테지만 당사자에게는 상처로 남은 모양이었다.

그러나 진홍은 어머니가 살해당한 뒤 차라리 자신의 뇌를 채우고 있는 기억들이 그처럼 모진 것이었으면 하고 바랐다. 그러나 아무리 되돌아봐도 그의 기억 창고에는 김밥을 싸던 어머니의 뒷모습, 아픈 아들을 업고 병원까지 달리던 땀에 젖은 등, 새벽 기도를 드리고 온 뒤 잠들어 있는 아들의 이마에 얹고 기도하던 손. 낡은 운동화를 새것으로 사 주지 못해 속상해하던 얼굴. 그런 추억밖에는 떠오르지 않았다.

차단막 뒤에서 자그마한 목소리가 들려왔다.

"그래. 기……억……나."

유리창에 비친 진홍의 볼을 타고 눈물이 한 줄기 흘러내렸다. 그동안 묻어 두었던 슬픔이 무너진 둑이 되어 터지고 있었다.

"여기서 나가면 녹두 빈대떡 좀 해 줘. 누나가 해 주는 건 맛이 없어. 영 글렀어."

"성……희……는 너무 잘게 갈드라. 녹……두랑 멥쌀은 약간씩 씹히게 해야 하는데……."

"내 말이……. 그래서 명절마다 부침개는 재래시장에서 사다 먹었어. 매형도 누나가 해 주는 건 싫어해서."

"근……데 진홍아……. 너 올해…… 몇이지? 만……나는 아가씨는 있어?"

역시 어머니는 어머니였다.

죽었다가 다시 살아났다고 해도 자식 걱정뿐이었다.

"자꾸…… 사업한다는 핑계로 미루면 안 돼. 싫어두 자꾸 만나 봐야지. 그러다 인연 만나지는 거야. 집 살 돈이 없어서 그래? 힘들면 우리 집에 데리고 들어와서 살자."

"저번에 말했잖아. 지금 내 명의로 된 집만 세 채야. 결혼을 못하는 게 아니라, 안 하는 거야."

"잘……됐네. 그럼 사람만 만나면 되겠다. 예쁜 각……시 만나서 알콩달콩 살아야지. 에미가 중신해 줄게. 남자는 결혼을 해야 안정이 되는 거야. 토끼 같은 자식들도 많이 낳구 해야지. 그래야 먼저 간 아버지도 마음 놓구…… 기뻐하시지."

명숙은 아들이 잠이 들 때까지 똑같은 이야기를 반복하고 또 반복했다.

* * *

"왜 아니라는 거예요?"

상대가 국내 최고의 심리분석관이라는 사실도 잊은 채 하형은 신경질을 부렸다. 컴퓨터 작업을 하고 있던 진술분석관 김연미까지 돌아볼 정도로 큰 목소리였다.

역시 놀란 이종성 박사는 금방 안경을 고쳐 쓰고 논리적으로 반박했다.

"아니니까, 아니라는 거지."

테이블 위에는 분석을 끝마친 검사지가 놓여 있었다. 검사지를 뒤적거리는 하형의 손길이 거칠었다.

"자기 어머니를 보험금 때문에 죽이고 범행이 백일하에 밝혀진 후에도 아니라고 딱 잡아떼는 인간이 사이코패스가 아니라면 누가 사이코패스인데요?"

"RV가 나타난 것 때문에 선입견 갖지 마. 나는 제시된 자료와 검사지로만 객관적으로 판독했어. 그리고 저 안……."

종성의 손가락이 모니터를 가리켰다. 모니터 너머로 진홍과 명숙이 잠들어 있는 숙소가 보였다. 일곱 대의 카메라와 두 개의 도청기로 두 사람이 나누는 대화와 외부 핸드폰 통화가 실시간으로 녹음되고 있었다.

"저 안에서 벌어지는 대화를 분석해 봐도 마찬가지야."

"다중인격은 아닐까요? 대학교 때는 강간 사건까지 일으켰던 사람이란 말이에요."

입사 동기들 중에서도 가장 유능한 편에 속하는 그녀였다. 그런 그녀가 보기에 이건 정말로 뻔하디뻔한 사건이었다. 그래서 서진홍을 사이코패스로 보고 7년 전 사건을 재조명한 보고서도 미리 작성해 두었다.

"아니라니까. 어머니하고 대화하는 걸 백 요원도 들었잖아. 정신병리로 해석할 만한 언사가 있었어? 있었다면 말해 봐."

"범죄자의 선택적 기억상실에 관해서 논문 쓰신 적 있으시잖아요. 자기가 어머니를 죽이도록 사주해 놓고 충격 받아 잊어버린 거 아닐까요? 아까 말씀드렸지만 다중 성격장애는 어때요?"

"이야. 시나리오 잘 잡네. 국정원 관두고 영화사에 들어가 보는 건 어때? 추천서라도 써 줄까? 현장 경험이 큰 도움이 되겠어. 응?"

이 박사의 비아냥거리는 말을 듣고 하형은 아차했다. 의욕이 너무 앞서 종성의 심기를 건드리고 말았다. 곧바로 고개를 숙여 사과했다. 이 박사는 테이블 위에 흐트러진 자료 가운데 진홍의 MRI 사진과 외상후 스트레스에 관련한 집중 면담 파일을 꺼내 내밀었다.

하형이 의구심을 품었던 부분에 대해서 종성은 이미 검사를 해 두었던 것이다.

"해리성 기억상실은 외상이나 스트레스에 의해서 발생한다고 보는 것이 일반적이야. 서진홍은 정서가 아주 안정적인 걸로 나왔어. 교통사고든, 주변 인물의 죽음이든, 어지간한 외상이나 스트레스에는 흔들리지 않을 인간이야. 물론 그래서 더 괴로운 부분도 있겠지만."

"어머니가 죽던 당시의 기억이 불분명하다면서요?"

"순간적인 기억 유실일 뿐이야. 아주 흔한 케이스지. 일화적 기억까지는 손상을 입지는 않았다니까. 그랬다면 주변 사람들이 진즉에 눈치 챘을 걸. 참, 다중 성격 장애에 대해서도 물었지? 내가 논문을 몇 개 추천해 줄 테니 한번 읽어 봐. 서진홍 케이스와는 상당한 거리가 있다는 걸 알게 될 테니까."

더 이상 따질 말을 찾지 못하고 하형은 의자에 앉았다. 그리고 이 박사가 작성한 서진홍의 정신 감정서를 면밀히 읽어 내렸다.

소견서를 작성하고 있던 연미가 질문을 했다.

"근데요. 솔직히 지금까지의 사이코패스에 대한 연구는 범죄자, 다시 말해서 범죄가 발각된 사람을 상대로만 진행되었던 게 사실이잖아요. 교육 수준이 높은 사이코패스에 관해서는 충분한 연구가 이루어지지 않았어요. 회사 자금을 훔치고, 자기 경력을 조작하고, 사람들의 내면을 관찰해 능숙하게 조종하고, 들키지 않는 사이코패스들도 많지 않을까요? 완전체 사이코패스라고 해야 하나……?

서진홍 씨의 이력을 살펴보면 고교 시절까지 학업성취가 최우수 등급이었고, 명문대 재학 시절에도 장학금을 놓치지 않았어요. 졸업 후에 시작한 사업도 몇 년 만에 상장시켰구요. 솔직히 보통 능력이 아닌 거죠.

I-레벨검사나 대인관계성숙도 검사 결과도 사람의 행동을 잘 이해하고 그 사람이 무엇을 원하는지, 사회적 규칙이 어떤 것인지 충분히 이해할 수 있는 7단계의 인간이라고 나왔어요. 사교성은 좀 부족하지만 사회적인 숙련도는 충분한 사람이라구요."

연미는 서진홍 정도라면 대화가 도청당하고 있다는 것을 눈치 채고, 정상으로 보일 만한 행동과 말을 얼마든지 꾸며낼 수 있을 거라고 덧붙였다.

종성은 고개를 끄덕였다.

"괜찮은 지적이야. 정체를 숨기는 사이코패스는 충분히 가능성이 있지. 이야기는 좀 다르지만 아스퍼거 증후군처럼 사회적인 부분에서 어려움을 겪는 경도 자폐아들도 성장해 가면서 자기의 지성을 이용해 주변 사람들과 무리 없이 커뮤니케이션 하는 경우가 있지. 사이코패스도 충분히 정체를 숨기며 살 수 있을 거야. 일반인 앞에 서라면 가능하겠지. 하지만…….

자네들 말대로 서진홍이 살인자라고 가정해 보세. 그가 7년 전 어머니를 살해했다면 동기로 여겨지는 것은 사업 자금이야. 어머니보다 자기 회사가 중요하다고 생각했다는 거지. 하지만 지금의 태도를 봐. 무려 한 달 동안이나 회사를 비우고 있는데도 초조해하는 기색 하나 보이지 않아.

위장이나 가장에는 한계가 있는 법이야. 아스퍼거 증후군이 아무리 발버둥을 친다고 해도 일반 사람들과 전방위적으로 소통하는 것은 어려워. 한쪽 손을 쓸 수 없는 피아니스트가 자기 기량을 십분 발휘한다고 해도 일반 사람들을 놀라게 할 정도의 능력일 뿐, 다른 피아니스트들과 어깨를 나란히 할 수 있을 수준을 성취하는 건 힘들지. 그가 칠 수 없는 악보가 반드시 나온다구. 사이코패스가 I-레벨검사에서 7단계를 획득할 수 없다는 뜻이네.

취조실에서 작성된 진술서를 분석하면서 김연미 분석관도 나와 비슷한 결론에 도달했잖은가. 서진홍 씨의 진술은 기억의 전진법칙도 만족시키고 있고, 암초효과도 나타나지 않았어. 진술분석과 같은 특수한 지식은 일반인이 접근하기도 힘들고 그 존재에 대해서도 모르는 경우가 태반이야. 더구나 서진홍처럼 하루 24시간을 사업에 쏟아 부었던 사람이 알 만한 지식이 아니지."

연미는 안경을 치켜 올리며 고개를 끄덕였다. 세부적인 부분까지 알 리 없는 하형이 묻자 연미는 간단하게 설명해 주었다.

기억의 전진법칙은 인간이 경험한 사실을 진술할 때 시선은 전방을 향하고 경험도 그와 동일한 방식으로 회상된다는 법칙이다. 반면 거짓말을 지어내는 경우에 인간은 상황이나 장면을 마치 제3자의 시점에서 묘사하는 분위기를 풍긴다. 예를 들어 진실을 말하고 있는 상황에서는 '집을 나왔다'라고 결과적 행위만 추출해 간략히 말한다. 거짓말을 말할 때에는 필요 없는 사족, '이를 닦고 나서 집을 나왔다'는 과정적 행위까지 굳이 묘사하여 듣는 사람에게 더욱 그럴 듯하게 말하려는 경향성이 있다는 것이다.

암초효과는 진술자가 숨기고 싶은 어떤 부분에 이르렀을 때 무의식적인 말실수, 머뭇거림, 말 늘어짐, 동어 반복 등이 나타나는 것을 말한다.

"거짓말이라는 게 절대 쉬운 게 아니거든요."

연미의 설명을 듣고 하형은 수긍했다. 서진홍이 진술분석에 관한 지식을 사전에 알고 그것들을 모두 피해 진술했다고 보는 것은 이종성 박사의 말대로 무리가 있었다.

서진홍이 사이코패스가 아니라면 그의 정체는 도대체 무엇일까? 정상적인 정서를 가진 살인자? 아니면 자신이 살인을 했는지도 모르는 과실치사범?

도대체 명숙은 왜 아들을 죽이려고 하는 걸까?

심리분석실을 나가려는 하형을 향해 종성이 조언했다.

"백하형 조사관, 내가 어떻게 일류가 된 줄 아나? 자료만 분석했기 때문이야. 동료 분석관들이 머릿속으로 이런저런 가설을 세울 때 나는 그러지 않았어. 자료만 분석하고 자료를 믿었지.

생각해 봐. 만약 이번 일이 RV 사건이 아니었다면 백하형 조사관은 서진홍을 살인자라고 의심했을까? 아니야. 그런데 RV 때문에 판단력이 흐려졌어.

RV를 과신해서는 안 돼. 그들을 심판자나, 선한 존재라고 함부로 가정하지 말란 말야. 죽었다 살아 왔다는 사실이 어떻게 그들에게 면죄부를 줄 수 있겠나? 그들은 그냥 살인을 저지르고 다니는 괴물들이야."

하지만…….

하형의 시선에 모니터 저편으로 뉴스를 시청하고 있는 진홍의 모습이 들어왔다. 어머니가 잠들었다는 것을 알고 리모컨을 들어 텔레비전의 볼륨을 낮추고 있었다.

하형은 그의 모습과 행동이 언제나 상식적이라는 것을 알면서도 이상하게도 그가 싫었다. NIS에 입사한 지 5년. 누구보다 냉철한 그녀였지만 기괴한 사건들을 해결하면서 때로는 본능과 직관이 이성보다 중요할 수 있다는 사실을 깨달았다.

서진홍을 보고 있을 때면 무언가 석연치 않다는 느낌을 받았다. 특히 그 눈. 모두가 잠든 깊은 밤. 형형히 반짝이는 그의 눈동자를 응시하고 있노라면 몸서리쳐질 정도로 섬칫했다. 결코 길들일 수 없는 짐승과 마주한 느낌. 평소 얼굴은 가면처럼 여겨지고, 인격의 어딘가에 숨겨둔 잔악함이 눈동자 밑에서 서물대는 듯했다.

이 박사로부터 받은 모든 자료를 숙독하고 난 후에도 꺼림칙한 기분은 가시지 않았다. 박사의 지적대로 그녀가 RV의 등장 때문에 눈이 먼 것일까.

아니야. 무언가. 분명 뭔가…….

확신은 있지만 설명할 근거가 없다. 그것이 체증처럼 하형의 가슴을 답답하게 했다. 감정서 사본을 들고 심리분석실을 빠져 나오면서 그녀는 결심했다.

역시 그 방법밖에는 없어.

상대가 정체를 감추고 있다면 정체를 아는 사람과 만나면 된다. 지난번 진홍의 과거를 조사하면서 신제아가 입원한 병원을 알아두었다.

신제아를 만나자. 그녀를 만나면 서진홍의 실체를 알 수 있게 될 것이다.

하형은 멈추어선 엘리베이터 안으로 뛰어들었다.

* * *

밤의 차이나타운은 항상 소란하다.

체리사탕처럼 화사하게 불을 밝힌 홍등들과 노점에서 풍겨 나오는 음식 냄새가 행인들의 발길을 잡아끈다. 물건을 흥정하는 상인들의 경쾌한 목소리. 한데 뒤섞인 외국어들. 한국 땅 위에서 서 있으면서도 사막 위에 펼쳐진 신기루처럼 신비롭고 내일이면 끝나 버릴 축제처럼 애잔했다.

경채는 계속 코를 훌쩍이면서 금룡각을 찾았다. 아침저녁으로 부쩍 쌀쌀해진 공기는 알레르기 비염을 앓고 있는 그에게 최루성 가스나 다름없었다. 자유공원으로 올라가는 내내 콧물이 줄줄 흘렀다.

붉은 바탕에 금박 필체가 휘갈겨진 간판을 찾았을 즈음 경채는 가지고 있던 휴지의 마지막 한 장을 꺼내고 있었다.

주렴을 걷고 안으로 들어가니 익숙한 얼굴이 보였다. 이쪽은 식전인데 벌써 한 그릇을 거반 비우셨군그래.

경채가 앉자마자 사진 한 장이 테이블 위에 올라온다.

"이놈입니다. 한국 이름은 최경원. 원래 이름은 리칭청. 한국어가 아주 유창해서 발음만 듣고서는 구분하지 못할 정도고요. 불법체류자인데 조직범죄에 가담하고 있어서 위장용 신분증도 여럿입니다."

경채는 냅킨 여러 장을 겹쳐 거침없이 코를 풀었다. 콧물이 많이 나와 냅킨이 흥건히 젖었다. 보다 못한 박요한 경관이 야상점퍼 안 주머니에서 손수건을 꺼내주었다. 잘 다려진 체크무늬 손수건을 붙잡고 두어 번 더 콧물을 뽑아냈다. 짜장 냄새가 반쯤 섞인 눅눅한 공기가 폐 속으로 들어온다.

"이렇게 쉽게 찾을걸. 왜 7년 전에 못 찾으셨을까."

"운이 좋았죠. 올 초에 이놈이 고시원에서 잠자던 대학생을 성폭행했는데 얼굴이 CCTV에 제대로 찍혔어요. 피해자 몸에서 채취한 유전자도 일치했구요."

인근에서 비슷한 범죄가 자주 일어나서 수색하던 중에 리칭청의 숙소를 알아냈다고 했다.

테이블 위에 놓여 있는 군만두 몇 개를 집어 먹고 바로 일어섰다.

칭청의 숙소는 1호선 인천역에서 얼마 떨어지지 않은 빌라촌에 있었다. 집 앞에서 야간 잠복을 하고 있던 수사원들과 합류했다.

체포 작전은 간단했다. 리칭청이 살고 있는 빌라의 계단 출구를 막고, 베란다와 연결된 비상용 외부 계단에도 사람을 배치해 토끼 몰이하듯 몰고 내려올 생각이었다. 동거녀가 홈쇼핑을 즐겨서 하루에도 몇 차례씩 택배가 도착한다고 했다. 수사원들 중에서 가장 완력이 센 장규연 경관이 택배기사로 위장해 문을 열었다.

딩동.

"누구세요?"

철제 현관문을 타고 높은 톤의 여자 목소리가 울렸다.

"대천택배인데요. 하은정 씨 계신가요?"

곧바로 문이 열렸다.

"착불인데요."

규연이 재빠르게 안을 살피며 말했다.

칭청은 방 안에 있는 듯 안방 문 너머 텔레비전 소리가 나고 있었다. 규연이 헛기침을 한 번 했다. 현관문 뒤에 숨어 있던 경채가 튀어나와 재빨리 여자의 입을 틀어막았다.

외부 계단으로 잠입한 요한도 조심스럽게 베란다 문을 열고 거실로 들어왔다. 역시 권총을 손에 든 채였다.

셋은 숨을 죽이고 거실 벽에 몸을 붙였다.

'하나, 둘, 셋.'

경채가 고갯짓을 하며 안방 문을 열어젖히려는 찰나. 갑자기 거실 화장실 문이 벌컥 열렸다.

"워카오!"

불법체류자들을 단속할 때 자주 들었던 중국어 욕설이었다. 뒤를 돌아보니 이미 리칭칭은 현관문을 박차고 뛰어나가고 있었다.

낭패다.

세 사람은 바람처럼 계단을 내달렸다. 아파트 입구에서 몸싸움이 벌어졌다. 경채와 요한이 내려왔을 때는 대기하고 있던 형사들이 바닥에 나동그라져 신음하고 있었다. 한 명은 칼까지 맞았는지 출혈이 심각했다.

"역 쪽으로 갔어요!"

그나마 상태가 나은 쪽이 칭칭이 사라진 쪽을 손가락으로 가리켰다. 규연이 구급차를 부르기 위해 뒤에 남았다.

나이가 들었는지 체력이 따라주지를 않는다. 숨이 턱까지 차올랐다. 젊은 요한이 경채를 추월해 앞으로 나갔다.

마침 골목에서 나오던 치킨 배달 오토바이와 마주쳤다. 신분증을 던지다시피 보여 주고 원동기 위에 올라탔다.

인천역에 거의 다다랐을 무렵. 경채가 탄 오토바이가 요란한 소리를 내며 칭칭의 앞을 가로막았다. 뒤에서 뛰어오던 요한도 퇴로를 차단했다. 칭청이 침을 뱉고는 품속에서 쿠크리 나이프를 꺼냈다.

지나가다 그 광경을 보고 놀란 행인들이 뒤로 물러섰다. 사람들이 많은 곳이라 총을 뽑을 수가 없었다. 번쩍이는 칼날에는 방금 전에 부상을 입은 경관의 핏방울이 얼룩이 되어 남아 있었다.

온몸에 열이 화끈 올랐다.

너 오늘 죽었어!

목을 움직여 스트레칭을 하다가 재빨리 헬멧을 칭청에게 던졌다. 헬멧은 정확하게 칭청의 손목에 맞았다. 칼이 땅에 떨어지는 순간, 경채는 오토바이에서 뛰어내려 그대로 돌려차기에 들어갔다. 다리가 컴퍼스처럼 정확한 각도로 회전해 바람을 찢고 칭청의 오른쪽 안면부를 강타했다.

보통 사람에게는 치명타였겠지만 칭청은 달랐다.

균형을 잃고 넘어지는가 싶더니 바닥에 떨어진 헬멧을 잡아 뒤에 서 있던 요한에게 던져 버렸다. 예상치 못한 일격에 요한은 피하지도 못하고 사타구니를 맞았다. 떨어진 칼을 잡으려 경채와 칭청이 동시에 몸을 날렸다. 거리가 가까운 칭청이 유리했다.

칼자루를 쥔 손이 경채 쪽으로 향했다.

국정원 요원에 버금갈 정도로 날랜 움직임을 가진 놈이었다. 몸을 피해야겠다고 생각했지만 육체는 관성을 타고 하염없이 앞을 향해 전진한다.

이대로라면 칼날에 얼굴, 아니면 목을 꿰뚫리고 말 것이다.

위급한 상황에 뇌가 충격을 받은 것일까. 시간이 늘어지는 듯 이상한 감각이 찾아왔다.

동시에 경채는 사람들 틈에 서 있던 남자 아이와 눈이 마주쳤다. 아이는 무심한 눈빛으로 허공을 응시하고 있었다. 혈색 없는 낯빛은 천진한 얼굴 생김과 대비되어 본능적인 거부감을 불러일으켰다.

나이는 예닐곱 살 정도. 만화 캐릭터가 그려진 흰색 반팔 티셔츠에 고동색 반바지를 입고 있었다. 20년 만에 찾아온 가장 추운 날씨라던 아침 예보가 기억났다.

거리의 사람들도 다 점퍼 아니면 패딩처럼 두꺼운 옷을 입고 있었다. 저 아이 부모는 어디 있지? 무슨 생각으로 아이를 저런 차림으로 내보낸 거야? 아니, 그 전에, 왜 아무도 저 애에게 눈길을 주지 않는 걸까.

칼을 눈앞에 둔 상황에서 머릿속이 어지럽게 뒤엉켰다. 놀이기구를 탄 것처럼 혼란스럽다.

아이의 갈색 눈동자. 오른쪽 볼 밑의 작은 흉터. 밤인데도 윤곽선을 그린 양 확실하게 보였다. 그 얼굴을 보고 있으려니 처음 느꼈던 섬뜩함이 사라졌다. 오히려 손을 뻗어 차게 식은 볼을 어루만지고 따스하게 안아 주고 싶다. 느닷없는 가슴의 격랑이 이질적으로 느껴지던 순간.

놔아!

아이의 입에서 괴성이 터졌다.

놓으란 말이야!

인간이 어떻게 저런 소리를 지를 수 있을까 싶을 정도로 커다란

소리였다. 지축이 뒤흔들렸다. 그 바람에 리칭칭이 균형을 잃고 쥐고 있던 칼을 떨어뜨렸다. 경채도 오른쪽 다리를 삐끗하면서 나동그라졌다. 그러고는 인도에 박혀 있던 석재 볼라드에 머리를 세게 부딪쳤다.

* * *

"선배님. 괜찮으세요?"

박수 소리를 들으며 눈을 떴다. 요한이 칭칭을 수갑으로 결박하고 있었다. 욱신거리는 머리를 감싸고 자리에서 일어섰다.

행인들이 둥글게 둘러서서 박수를 치고 있었다. 위험을 무릅쓰고 범죄자를 체포한 경찰들에게 보내는 시민들의 환호였다.

아무리 둘러봐도 아까의 남자아이는 보이지 않았다. 비슷한 또래의 아이가 보였지만 벚꽃색 더플코트를 입은 여자아이였다.

리칭칭을 호송하는 차 안에서 경채는 요한을 들볶았다.

"정말 왜 그래? 너도 들었잖아. 어린애 목소리. 칼 놓으라고 하면서 소리를 질렀던 거. 꼭 지가 붙잡힌 것처럼 발작을 했잖아. 아니 어떻게 그걸 못 들어? 고막이 나갈 정도였는데……."

요한은 대체 무슨 소리를 하는 지 이해할 수 없다는 표정으로 고개만 설레설레 저었다. 울컥해진 경채는 칭칭의 뒷머리를 후려쳤다.

"야, 인마. 넌 들었지? 그치? 그래서 칼 놓쳤잖아."

모르쇠로 일관하기는 놈도 마찬가지였다.

"난 그냥 팔이 저릿저릿하기에……. 전기에 감전되었을 때처럼 요. 그래서 순간적으로 놓친 것 뿐예요. 아까 형씨가 헬멧을 던져서 손목이 나갔나 본데……."

여름옷까지 입고 있었는데 눈에 띄지 않았다니. 하지만 그 아이를 보았다는 사람은 아무도 없었다.

운전대를 잡은 동료가 말했다.

"예전에 나 살던 동네에 아줌마가 하나 있었는데 자꾸 어린애가 보인다고 헛소리를 했어요. 결국 몇 년 못가서 내림굿을 받더라구 요. 화귀가 씌었다나? 더 늦기 전에 빙의치료 같은 거 받아 봐요. 밤 에 잠도 잘 못 자죠?"

담담하게 말하는 동료의 말을 듣고 차창에 비친 얼굴을 확인했다. 하긴 요즘 들어 불면증에 시달리긴 했다. 피부도 거무죽죽하고 눈 가에 자리한 다크서클도 짙다. 수갑 찬 손을 까닥이며 리칭청도 말 을 보탰다.

"아이고, 형사님. 요즘 세상에 빙의가 다 뭡니까 빙의가. 조현증이 라고 하는 거예요. 조현증. 정신분열증도 빙의도 아니고 조현증요."

"닥쳐. 씨."

대꾸는 그렇게 했지만 생생한 환영을 본 뒤라 쉽게 들리지는 않 았다.

4장

참수

무슨 일인지 아침부터 복도가 소란스러웠다.

발걸음 소리가 요란한 바깥과 비교해 차단막 너머 명숙의 기척은 전혀 느껴지지 않았다. 호출이라도 받고 나간 걸까.

식판 위에는 두유 하나와 식어빠진 미역국, 구운 조기와 샐러드, 유통기한이 지난 재료로 만든 느낌이 강하게 드는 어묵 조림이 놓여 있었다.

국정원 요원들은 이런 걸 아침이라고 먹는 모양이었다. 먹는 둥 마는 둥 그릇을 비우고 세면을 했다.

잠을 자꾸 설친 탓에 거울 속에 비친 모습은 다른 사람처럼 낯설었다. 이발을 하지 못해 머리도 덥수룩했고, 스트레스 때문에 피부도 거칠었다. 무엇보다 턱과 볼을 가득 덮은 수염이 문명에서 유리된 헐거 원시인처럼 보이게 만들었다.

짐승이 따로 없군.

진홍은 세면대 위에 놓인 일회용 면도기를 집어 들고 오랜만에 면도를 했다. 수도꼭지에서 나오는 물은 센물인지 비누거품이 잘 생기지 않았다.

반 정도 면도를 끝마쳤을 때였다.

문이 열리고 하형이 들어왔다. 잠옷 바람인 진홍을 향해 미소를 지어 보였다. 목표물을 사로잡은 사냥꾼이 지을 법한 의기양양한 웃음이었다. 불길한 기분이 들었다. 자신을 범인이라고 확신하고 있는 여자가 웃고 있다는 건 별로 좋은 징조가 아니다.

"뭐죠?"

"범인이 잡혔어요. 7년 전 당신 어머니를 살해했던 남자."

하형의 안내를 따라 진홍은 세미나 실로 이동했다.

세미나실 안에는 하얀색 가운을 걸친 의료진과 무장 요원들, 정장을 입은 체구가 큰 백인들까지 다양한 사람들이 모여 있었다. 외국인들 앞에서 통역을 하는 동양계 남자가 회의실 안으로 들어오는 그를 가리키며 일행을 향해 귀엣말을 했다. 백인들이 서로 주고받는 말들을 듣고 진홍은 그들의 출신과 직업을 알아차릴 수 있었다.

CIA구나…….

그러나 그들의 시선에는 검투사를 경기장에 들여보내는 로마인의 그것처럼 원색적인 호기심이 가득했다.

세미나실 가운데에는 테이블이 놓여 있고, 수갑을 찬 남자가 앉아 있었다. 낯선 사람들에 둘러싸여 있는 것이 초조한지 잠시도 발을 가만두지 않는다.

하형이 말해 주지 않아도 알 수 있었다. 그는 어머니를 죽인 살인범이었다. 사건이 일어나던 날 헬멧을 끼고 있어서 볼 수 없었던 얼굴이 지금은 환한 조명 아래 숨김없이 드러나고 있다.

범인을 잡았다.

진홍은 자기도 모르게 숨을 멈추었다. 심장이 정지하고 혈류가 굳어 버린 듯 손가락 하나 까닥할 수 없다.

살인자.

남자의 생김생김과는 도저히 어울리지 않는 단어였다. 한쪽이 부어 있기는 했지만 전체적으로 균형 잡힌 얼굴이었다. 처진 눈썹과 피곤한 얼굴이 측은하고 불쌍해 보이기까지 했다.

20대 중후반 정도? 진홍이 운영하는 회사에서는 신입사원 정도인 나이 어린 청년이 7년 전 사건의 범인이라니 믿기지가 않았다.

먼저 와 있던 경채가 남자에게 물었다.

"저 사람 알아?"

손가락으로 진홍을 지목하고 있었다. 청청은 힐긋 진홍의 얼굴을 보고는 고개를 저었다.

"아뇨. 첨 보는데요."

"잘 봐. 너한테 돈 주면서 살인 청부한 그 남자 아닌지."

"얼굴은 그때도 제대로 못 봤어요. 가리고 있었다고요. 마스크 같은 걸루."

"그럼 목소리는. 목소리는 어때?"

경채는 그렇게 말하고 진홍에게 말을 시켰다.

진홍은 감흥 없는 목소리로 하형이 넘겨 준 텍스트를 읽어 내렸다. 범인이 코웃음을 쳤다.

"7년도 지난 일을 어떻게 기억을 해요? 맞는 것 같기두 하구, 아닌 것 같기두 하구 그렇지."

하형이 나직한 목소리로 진홍에게 사정을 설명했다.

최명숙 사건의 범인으로 지목된 리칭청을 어제 체포해서 밤샘 취조를 벌였다. 조사를 통해 7년 전 사건이 단순 퍽치기가 아니라 살인청부였다는 점이 새로이 밝혀졌다. 리칭청은 의뢰를 받아 명숙을 죽일 기회를 노렸고, 목돈을 찾아오는 걸 보고 그녀를 덮쳤다.

"마무리가 기가 막히게 산뜻했죠. 의뢰금도 받고, 가방에 든 돈도 챙기고. 퍽치기로 오해받으니까 의뢰인도 만족하구 나도 숨어 있기 좋구. 누가 살인청부 같은 걸 생각해요? 그렇게 씬이 끝내줬는데. 내가 불기 전까지 아무도 몰랐죠? 이래봬도 프로예요. 프로."

칭청이 하는 말을 듣는 동안 진홍의 몸이 부들부들 떨렸다. 신이 나서 제멋대로 떠드는 걸 보니 NIS와 감형협상이라도 한 모양이었다. 하형이 범인의 옆에서 웃고 있었다.

들끓는 분노가 그를 차분하게 했다. 그러니까 저 여자는 진홍이 사건의 배후라고 확신하고 있는 것이다. 어머니의 죽음에 대한 최대수혜자는 수억의 돈을 보험금으로 받은 진홍이었으니까.

"저 살인자의 말을 믿는 거예요? 형량을 줄이기 위해 거짓말을 하는 게 뻔히 보이잖아요. 존재하지도 않는 누군가를 만들어 내서 얼굴을 못 봤다느니 하면서 시간을 끄는 거라구요."

하형은 알듯말듯한 미소를 지으며 진홍을 도발할 뿐이었다.

세미나실 중앙에 앉아 있던 백발의 국정원장이 명령했다.

"들여 보내."

곧 뒷문이 열리고 명숙이 들어왔다.

휠체어를 탄 어머니를 본 순간 진홍은 입술을 깨물었다. 명숙은
팔다리가 묶인 채로 정신병자들이나 입는 구속복을 입고 있었다.

진홍이 항의하려고 하자 경채가 막아섰다.

"만약의 사고에 대비하는 겁니다."

"사고?"

"당신 어머니가 진범을 만났을 때 발작을 일으키고 그를 심판한
다면 어떻게 되겠습니까. 곧바로 소멸하겠죠. 그건 댁도 원하는 바
가 아니잖아요."

포박된 명숙의 눈동자에는 두려움이 가득했다. 주변을 천천히 둘
러보며 몸을 떨고 있었다. 성폭행을 당한 피해 아동들을 아무런 차
폐장치 없이 가해자와 대면케 했던 20세기의 야만적인 법정이 이와
같았을까.

진홍의 어머니 최명숙은 의자에 앉아 있는 저 남자에게 살해당했
다. 일곱 번이나 칼에 찔려서. 그런데도 구속복을 입고 있는 것은 가
해자가 아닌 피해자였다.

명숙은 아들인 진홍을 향해 도움을 요청하는 눈빛을 보냈다. 진홍
은 망설이지 않고 어머니에게 다가갔다. 지금 어머니는 진범을 심

판할 수도 없지만 동시에 진홍에게도 아무런 해를 끼치지 못한다. 진홍은 무릎을 굽히고 바닥에 앉았다. 그리고 파마가 거의 풀린 어머니의 머리칼이 눈을 찌르지 않도록 조심스럽게 정돈해주었다.

진홍은 어머니의 손이 있음직한 곳에 자신의 손을 올렸다. 따스한 체온이 느껴졌다.

"조금만 참아. 이번 일만 잘 끝나면 집에 돌아갈 수 있어. 진범을 잡았으니까, 금방 재판 받을 거야."

진홍은 어머니와 눈이 마주치지 않게 주의하면서 부드러운 어조로 달랬다.

"무……서워."

"내가 옆에 있잖아. 무슨 일이 있어도 이번에는 꼭 지켜줄 테니까 걱정하지 마."

어머니를 진정시키고 진홍은 경채에게 물었다.

"근데 지금 뭣 때문에 이러고 있는 거죠? 저 사람들은 도대체 다 누굽니까?"

수면 부족으로 경채의 눈은 붉게 충혈되어 있었다. 그는 푸석해진 머리카락 속에 손가락을 집어넣어 쓸어 넘기고 마지못해 질문에 답했다.

"일종의 판별을 위한 자리인 거죠. 정말 저 사람이 범인인가? 진범을 만나면 당신 어머니가 어떤 반응을 보일까? 저희 NIS와 CIA 모두 RV에 대해 지대한 관심을 가지고 있어요. RVP라는 게 죽은 인간이 되살아난 전무후무한 현상이니까…….

지난번 제가 드렸던 말씀처럼 최명숙 씨가 RV로서 결함이 있는 존재라고 한다면 진범을 보고도 아무런 반응이 일어나지 않을 겁니다. 그럼 지금까지 CIA이 수집해 온 RV 케이스와는 배치되는 거고 당신의 무죄도 입증돼요.

아니면 자연적으로 불량이 시정될 수도 있겠죠. 진범에게 정상적인 발작을 일으키면서 당신을 향한 잘못된 공격반응이 해소되는 식으로…… 어느 쪽이 되던 당신의 결백을 증명하는 데 도움이 될 겁니다. 당신이 진짜로 무죄라면요."

그의 어조는 몹시 상기되어 있었다.

이 사람은 여자 요원과는 다르게 진홍이 결백하길 바라고 있었다. 진홍을 믿어서는 아닌 것 같았다. 그렇다면?

"……혹시 RVP가 싫어요?"

간단히 물었는데 상대는 맹렬하게 고개를 끄덕였다. 싫은 정도가 아니라, 진저리가 난다는 표정이었다.

이해가 되지 않았다. 국가정보원 요원이라면 남들보다 투철한 정의감과 애국심을 가진 사람들 아닌가. 이곳에 머무는 동안 아침마다 사내 방송으로 '우리는 언제나 진리와 정의의 편에서 생각하고 행동한다'는 직원 행동 강령을 읊어 주는 걸 지겹도록 들었다. 만화 히어로물에 나올 법한 유치한 문구지만 어머니를 범죄로 잃은 유족의 입장에서는 위로가 되었다.

"피해자가 되살아나서 가해자를 살해한다니……. 그게 말이나 되는 얘깁니까? 사업하시는 분이니 제 말을 이해하실 겁니다.

경제 쪽만 해도 조작, 횡령, 배임 등 온갖 더러운 짓들을 하면서 수익을 올리는 사람이 많죠. 누군가는 사기를 치고, 누구는 사기를 당하고, 누명을 쓰는 사람이 있는가 하면 사람을 죽이고도 잡히지 않는 악한들이 있죠. 그게 지금껏 제가 살면서 깨달은 절대불변의 진리. '이 세상은 기본적으로 부조리하다'였어요.

그런데 RV들을 보고 있으면 기분이 더러워진단 말입니다. 세계의 근본 원리를 어겨 버린 생물체들이죠. 존재할 수 없는 윤리적 이상향으로 모두를 끌고 들어가고 있어요.

당신도 속으론 그렇죠? 눈앞에서 어머니가 죽는 모습을 봤잖아요. 사실은 되돌아온 어머니가 가짜일지도 모른다고, 누군가 아주 기분 나쁜 장난을 치는 걸지도 모른다고 생각한 적 없나요?"

명숙의 뒤에 있던 요원이 휠체어 손잡이를 잡았다. 바퀴 굴러가는 소리가 진홍을 현실로 되돌려 놓았다.

명숙과 리칭청의 사이가 점점 좁혀졌다.

사람들의 시선이 두 사람에게 쏠렸다. 중앙에는 카메라 세 대가 설치되어 있었다. 한 대는 리칭청을, 한 대는 최명숙을, 나머지 한 대는 세미나실 전체를 비추었다.

진홍은 뒤로 물러서면서 경채가 한 말을 곱씹었다.

그런 생각을 안 해 봤다면 거짓말이다.

마음 한편에서는 경채와 똑같은 의심을 품고 있었다.

이건 말도 안 된다.

이런 일은 일어날 수가 없다.

그러나 막상 눈앞에서 어머니가 움직이는 모습을 보고 있으면, 그 목소리를 듣고 있노라면 도저히 어머니를 내칠 수가 없었다.

귀신에 홀린 것 같다는 표현이 딱 들어맞았다. 간절히 꿈꿔오던 일이 현실로 나타났을 때 그것에 저항할 수 있는 인간이 몇이나 되겠는가. 어머니에 대한 상실감과 상처가 크면 클수록 진홍은 스스로에게 최면을 걸었다. 어머니는 진짜라고.

"뭐…… 뭐예요? 이 아줌마는."

칭칭은 갑자기 나타난 휠체어와 구속복을 입은 명숙을 보고 화들짝 놀랐다.

그러나 주변 사람들은 그가 소리를 내지르든 말든 탐욕스러운 시선으로 관망하고 있을 뿐이었다.

어느 순간부터 칭칭도 넋 놓은 표정으로 눈앞에 있는 명숙을 주시하기 시작했다.

명숙도 리칭칭을 바라보았다.

죽은 자와 죽인 자.

목숨을 빼앗긴 자와 목숨을 빼앗은 자.

이승에서는 존재할 수 없었던 구도의 대견(對見).

주변 공기가 일제히 증발해 버린 것처럼 숨이 막혔다.

칭칭은 당황했다.

"이…… 이 아줌마. 살아 있었어? 그날 내가 찔러 죽였는데…….
죽지 않았어? 아니야. 난 분명 성공했다고 돈을 받았는데……."

리칭칭의 입에서는 헛소리 같은 말들이 쏟아져 나왔다.

한편 명숙의 상태도 점점 기이해졌다. 처음에는 두려움에 떨고만 있던 사람이 어느 순간부터 침착해졌다. 숨이 거칠어지면서 입에서는 이상한 신음소리가 흘러나왔다.

"Giudi……zio……. Gi……udizio."

기계음성처럼 높낮이가 없고 감정이 배제된 목소리였다. 진홍은 그것이 어머니가 자신과 처음 재회했을 때 읊조렸던 단어와 같다는 걸 깨달았다.

CIA쪽에서 수군거리는 소리가 들렸다.

"It's an Italian word meaning judgment……(저건 심판을 의미하는 이탈리아어인데……)."

심판. 심판이라는 뜻인가.

명숙의 입에서는 다른 말도 흘러나왔다.

"그런자는애처롭게여기지마라그런자는애처롭게여기지마라그런자는애처롭게여기지마라그런자는애처롭게여기지마라목숨은목숨으로눈은눈으로이는이로손은손으로발은발로갚아라목숨은목숨으로눈은눈으로이는이로손은손으로발은발로갚아라목숨은목숨으로눈은눈으로이는이로손은손으로발은발로갚아라목숨은목숨으로……."

명숙은 트랜스 상태에 빠진 무녀처럼 생경한 주언(呪言)을 쏟아내고 있었다.

통역을 통해 그 말을 들은 CIA 요원들 사이에 의미심장한 손짓이 오고갔다.

중요한 단서를 잡은 것처럼 확신에 찬 표정들이었다. 반면 국정원장의 얼굴은 잔뜩 일그러졌다.

그리고 사고가 터졌다.

모두 잠시 방심하고 있던 사이.

명숙이 자리에서 벌떡 일어나 힘을 주자 구속복이 휴지 조각처럼 갈기갈기 찢어졌다. 눈에서는 광기가 번뜩였다.

우당탕 소리와 함께 리칭청이 앉아 있던 의자가 뒤로 넘어갔다. 눈앞에서 사형집행인으로 변모하는 명숙을 보고 공포에 질린 것이다. 제아무리 뒷걸음질 쳐 봐도 수갑이 의자에 고정되어 있어 움직임에 한계가 있었다. 칭청은 아예 의자를 집어 들고 일어서 명숙을 향해 휘둘렀다.

"안 돼!"

진홍이 비명을 내지르며 리칭청에게 달려들었다. 어머니가 또다시 그놈에게 공격당하는 모습은 볼 수 없었다.

콰직. 의자가 진홍의 몸에 맞아 부서졌다. 그러나 진홍은 통증조차 느끼지 못했다.

"엄마!"

요원들이 사방에서 명숙을 진정시키기 위해 달려들었다. 사지를 붙들고 움직이지 못하게 압박했다.

하형이 마취제가 든 주사기를 들고 뛰어왔다. 그러나 살인범과 마주한 RV의 힘은 상식을 초월했다.

명숙이 몸을 한 번 뒤흔들자 그녀를 붙들고 있던 요원들이 나뭇

잎처럼 나가떨어졌다.

이번에는 세 명의 덩치 큰 CIA들이 나섰다. 진흥은 그들이 재킷 안에 손을 넣는 모습을 보았다.

총.

총을 꺼내고 있었다.

그들이 겨냥하는 건 명숙이 아니라 리칭청이었다. 처음에 진흥은 안도했지만 곧 한편으로 섬뜩한 불안감이 그를 사로잡았다. 냉정하고 실리적인 저들이 왜 명숙을 보호하려 할까. 7년 전 사건에는 아무런 관련도, 관심도 없는 사람들 아닌가. 그들은 그저 명숙이 칭청을 심판하지 못하도록 방해하려 할 뿐이다. 칭청이 죽어 버리면 명숙이 소멸할지도 모르니까. 그들은 생활 상태의 RV를 원할 뿐이다.

리칭청이 CIA가 쏜 실탄에 맞아 넘어지자 그 위로 명숙이 달려들었다.

그러자 CIA 요원 하나가 재빠르게 튀어나와 그녀의 다리를 노렸다. 심판이 진행되는 걸 멈추기 위해서였다.

"안 돼!"

진흥은 의자에 맞아 욱신거리는 몸으로 안간힘을 다해 어머니를 안아 감쌌다. 동시에 CIA 요원의 총탄이 칭청을 향하도록 옆으로 굴렸다.

진흥은 생각했다.

죽여! 저런 놈은 죽여 버려!

눈을 감고 총소리가 울려 퍼지기를 기다렸다. 하지만 총소리는 나지 않았다. 한참이 지나도 마찬가지였다.

어떻게 된 거지?

뒤를 돌아보니 총을 든 CIA 요원이 입을 벌린 채로 자리에 멈춰서 있었다.

무언가 따뜻한 액체가 진홍의 옷을 적시고 있었다. 붉은 피가 그의 옷뿐만 아니라 사방에 흥건했다.

피의 진원지는 진홍의 바로 옆에 누워 있는 칭칭이었다. 머리가 뜯겨 나간 목의 단면에서 쉭쉭 피가 뿜어져 나오고 있었다.

칭칭의 머리는 저 멀리 카메라가 설치되어 있던 합판 테이블 위에 떨어져 있었다. 거꾸로 뒤집힌 채로 피가 뿜어져 나오는 자신의 몸을 지켜보고 있었다. 일그러진 입매가 마치 웃는 것 같았다.

"……애처롭게 여기지 마라."

명숙은 그 말을 마지막으로 퓨즈가 나간 기계처럼 바닥에 쓰러졌다. 손에는 피가 묻은 구속복 조각이 들려 있었다.

너나 할 것 없이 모두 그대로 정지해 있었다. 입을 여는 사람이 아무도 없었다. 한참 후에야 비로소 정신을 차린 요원들이 리칭칭의 시체를 처리하고, 명숙을 휠체어에 앉혀 끌고 갔다. 말단 요원 하나가 대걸레로 피가 흥건한 바닥을 치우기 시작했다.

짧은 시간 동안 무슨 일이 벌어졌는지 알아내기 위해 카메라 판독에 들어갔다. 피비린내가 가시지 않은 세미나실 한편에 앉아 진홍도 다른 사람들과 함께 방금 전 상황을 화면으로 확인했다. 원래대로라면 숙소로 돌아가야 했지만, 민간인의 존재를 새삼스레 의식

할 만큼 말짱한 국정원 요원이 하나도 없었다.

카메라에 찍힌 것은 RV의 믿을 수 없을 정도로 빠른 움직임이었다. 명숙은 칭칭이 총을 맞고 넘어지는 순간 손에 들고 있던 헝겊을 그의 목에 걸었다. 순식간에 헝겊을 조여 리칭칭의 목과 몸을 분리했다. 참수에 걸린 시간은 기껏해야 2초. 진홍이 명숙을 감싸고 옆으로 구르는 순간, 반동을 받은 칭칭의 머리는 허공을 가르고 카메라 테이블로 떨어졌다. 요원들은 몇 번이나 화면을 돌려보면서 놀라운 RV의 솜씨에 감탄했다.

허공에 홀로 떠 있는 것처럼 어지럽다.

어머니가 살인을 하다니.

명숙은 누구에게나 친절하고, 주변 사람에게 퍼주기만 하는 속 좋은 사람이었다. 언제나 인자하던 어머니가 진홍의 눈앞에서 사람을 죽였다. 그것이 RV로 부활한 어머니의 정당한 복수라 하더라도 받아들일 수가 없었다. CIA가 칭칭에게 총을 쏘도록 몸을 비켜 주었던 진홍이지만, 누구보다 살인자가 처벌받기를 원했지만 이런 식은 아니었다. 눈앞의 화면에서는 사람을 죽인 어머니의 얼굴이 클로즈업되어 있었다.

하형이 바깥에 나갔다 돌아오면서 말했다.

"좋은 소식입니다."

그녀는 신고 있던 구두에 범인의 피가 묻을 뻔하자 살짝 뒤로 물러섰다.

"최명숙 씨는 소멸하지 않았어요."

국정원 요원들도, CIA 쪽도 모두 노골적으로 안도하고 있었다. 불길하다. 뭔가 꿍꿍이가 있다. 진홍은 자리에서 일어났다.

"변호사를 불러 주십시오. 이제 어머니와 저는 집으로 돌아가겠습니다."

진홍은 핸드폰을 꺼내 통화 버튼을 눌렀다. 민욱에게 전화를 걸어 도움을 청할 요량이었다. 그때 경채가 뚜벅뚜벅 다가와 핸드폰을 빼앗았다.

"두 분 모두 아직 돌아가실 수 없습니다. 한 가지 더 확인해야 할 일이 있어요."

진홍은 강압적인 경채의 행동에 화를 냈다.

"지금 당신들이 무슨 일을 벌였는지 압니까? 피의자가 죽게 방조했고, 우리 어머니한테 살인을 시켰어요. 핸드폰 돌려 줘요."

"집으로 돌아간들 뭘 어쩌려고요?"

하형이 끼어들며 말했다. 싸늘한 눈길이었다.

"이 사건에 대해 정식 재판을 신청하겠어요. 법정에서 제가 본 것, 들은 것 모두 증언할 겁니다. 하나도 빠짐없이……!"

하이톤의 웃음소리가 실내를 울렸다. 주변에 남은 요원들 중에도 따라 웃는 이들이 많았다. 모두 진홍을 물정 모르는 어린 아이처럼 취급하고 있었다.

"지금 당신 어머니는 주민등록도 없는 상태예요. 방금 전에 죽은 리칭칭이야 불법체류자였지만 엄연한 사람이고, 살해당했으니 범인에 대한 법적인 처벌을 기대할 수 있죠. 하지만 당신 어머니는요?

RV가 인간입니까? 법전에 그들을 인간이라고 규정한 법 조항이 있던가요? 설마 RV가 보통 사람과 똑같은 권리를 행사할 수 있으리라고 생각한 건 아니겠죠?

법치주의 국가인 대한민국에서 RV 최명숙은 허깨비예요. 살아생전의 최명숙이라고 볼 수도 없고, 인간이라고 인정할 수도 없죠. 아무리 당신이 RV 최명숙을 진짜 어머니라고 믿는다고 해도, 자신이 RV의 아들이라고 아무리 우겨 봤자, 어머니를 인도하고 보호할 어떠한 법적 근거도 가지고 있지 못합니다.

당신이 요행히 이 사건을 법정으로 가져가도 이기는 건 우리예요. 지금 확실한 건 최명숙이 다시 당신을 노릴지도 모르고, 아니면 리칭칭이 마지막 순간에 주장했던 것처럼 살인 청부를 한 또 다른 사람을 죽일 가능성이 있으니까 우리는 자국민을 보호하기 위해 최명숙을 격리해야 하죠."

들개들이 원하는 건 진홍의 어머니였다. 죽었다가 되살아난 비밀을 알아내기 위해 어머니를 실험 대상처럼 여기고 있다.

왜 눈치 채지 못했을까.

진홍이 이곳에서 나가면 저들은 본격적으로 어머니를 해부하고 실험하며 연구하려 들 것이다.

덩치들이 다가와 진홍을 끌어냈다. 세미나실을 나와 다른 곳으로 인도되었다. 층을 바꿔 도착한 곳은 교도소 면회실처럼 생긴 곳이었다.

이전까지의 취조실과는 다르게 가운데 유리벽을 두고 두 부분으로 나뉜 방이었다. 유리벽 하단에는 작은 구멍이 촘촘히 뚫려 있어 반대편에서 하는 말들을 들을 수 있었다.

천장에 연결된 스피커를 통해 하형의 목소리가 들렸다.

"지금부터 두 번째 실험을 해 볼 거예요. 만약 최명숙이 당신을 해치지 않으려고 한다면 RV 최명숙이 가졌던 오류는 자연적으로 정정되었다고 볼 수 있겠죠. 그러나 이번에도 발작이 일어난다면 우리는 당신이 진범이라고 여기겠습니다. 바로 당신이 리칭청이 진술했던, 살인을 청부한 사람이라고요."

반대쪽 문이 열렸다. 완전 무장한 요원들이 명숙을 데리고 면회실로 들어왔다.

총구는 명숙의 몸을 향했다. 이번에도 아까와 같은 사고가 일어난다면 저들은 미련 없이 그녀의 몸에 총알을 박아 넣을 것이다.

복수를 저지해야 명숙이 소멸하는 걸 막을 수 있을 테니까.

진홍은 이를 사려 물었다.

휠체어에 결박된 어머니가 유리벽 저편에 있었다. 아까 보았던 구속복보다 강력한 쇠사슬이 몸을 꽁꽁 묶고 있었다. 카디건에 핏자국이 흥건했다. 7년 전과 달리 카디건에 묻은 피는 어머니의 것이 아니었다.

천장 모퉁이에 붙어 있는 폐쇄회로 카메라들이 각도를 바꿔 가며 바쁘게 움직였다.

시선이 느껴졌다. 세미나실에 있던 자들이 이곳 상황도 지켜보고 있을 것이다. 진홍은 심호흡을 했다.

좋은 쪽으로 생각하자. 나는 범인이 아니다. 그것만큼은 확실하다. 아까 일 때문에 정말로 어머니의 오류가 고쳐졌을 수도 있다. 일단 누명을 벗고 이곳을 나가자. 나가서 동원할 수 있는 모든 끈을 이용해서 어머니를 구해내는 거야.

마음을 정하고 고개를 들었다.

맞은편에 앉아 있던 명숙이 아들을 알아보고 울음을 터트렸다. 부모가 아니라 자신이 아이라도 되는 양 무방비한 울음이었다.

명숙은 고통스러워하고 있었다. 자기 손으로 사람을 죽이고 괴로워하고 있는 것이다.

진홍은 자리에서 벌떡 일어났다.

"괜찮아! 엄마가 잘못한 거 아무 것도 없어. 그놈이 나빴던 거야. 죽여 버려도 시원찮은 놈이었어!"

쩌렁쩌렁 울리는 아들의 위로를 듣고도 명숙은 눈물을 그치지 않았다. 피범벅을 만지작거리며 계속해서 울고 있다.

"진홍아. 진홍아."

진홍은 결심했다.

유리벽 너머에 있는 사람은 RV가 아닌 그냥 어머니다. RVP가 뭔지, 발생 원인 따위 알지 못하지만 어머니를 구해야 한다.

그것만이 그의 유일한 소원이었다.

진홍은 천장에 설치된 카메라를 보며 소리쳤다.

"풀어 줘. 어머니를 풀어 주라고! 봐. 이제는 나를 죽이려고 하지 않잖아. 더 이상 어머니를 실험용 쥐 취급하지 마!"

그러나 카메라는 아무런 반응이 없었다. 뱀처럼 까닥거리며 이쪽의 반응을 녹화할 뿐이다.

"엄마. 조금만 참아. 조금만."

진홍은 유리벽에 얼굴을 기대고 속삭였다. 지금 자신이 어머니를 안심시킬 수 있는 유일한 방법은 침착하게 위로를 해 주는 것뿐이었다.

시선을 맞추고, 어머니가 좋아할 만한 이야기를 생각해 내려 노력했다.

뭐가 좋을까. 돌아가신 아버지 이야기? 아니면 누나가 결혼할 때 이야기? 누나 결혼할 때 엄마가 많이 고생했었지. 머릿속에서 실타래처럼 지나가는 추억들을 생각해 내느라 주의가 미치지 않는 사이였다.

유리벽 너머에서 그 소리가 들려왔다.

웅얼거리는 주문 소리.

"Giudi……zio……. Gi……udizio."

* * *

자정이 되기 전, 진홍은 풀려났다.

하늘에는 별이 초롱초롱했다. 차가운 바람이 옷깃 사이로 파고들었다. 그 어느 때보다 매섭게 느껴지는 칼바람이었다. 진홍의 짐을 들고 현관까지 배웅을 나온 경채가 조언했다.

"그냥 지금까지처럼 사세요. 어머니는 잊으시고요. 당신도 보셨겠지만 그분은 당신 어머니가 아녜요. 아들을 죽이려고 드는 어머니가 어디 있겠어요?"

"당신들 생각대로 놔두지 않을 거야. 어떻게든 어머니를 되찾고 말겠어. 경찰서에 가서 내가 범인이라고 자백하는 한이 있더라도……."

진홍이 이를 악물고 대꾸했다.

"마음대로 하세요. 당신이 무슨 선택을 하든 RV 최명숙에 관련된 사항은 일급비밀로 처리될 겁니다. 공식적으로 우리는 이 사건과 무관해요. 우리나라에서 공소권을 가진 건 검사뿐이라는 거 알고 계시죠? 이제 7년 전 사건에 대해서 당신을 기소하는 검사는 아무도 없을 겁니다. 다행히 위에서는 당신이 침묵을 지킬 거라고 믿어 의심치 않고 있는 상황이고……."

"왜? 내가 진범이라서? 범인이 자기 죄를 소문내고 다닐 리가 없으니까? 미안하지만 나는……!"

진홍의 가방을 넘겨주며 경채가 뼈 있는 한마디를 했다.

"차라리 그 누명에 감사하세요. 덕분에 당신이 무사하게 풀려난 겁니다. 다시는 우리와 연관되지 않는 게 좋을 거예요. 목숨은 소중한 거니까."

5장

독선

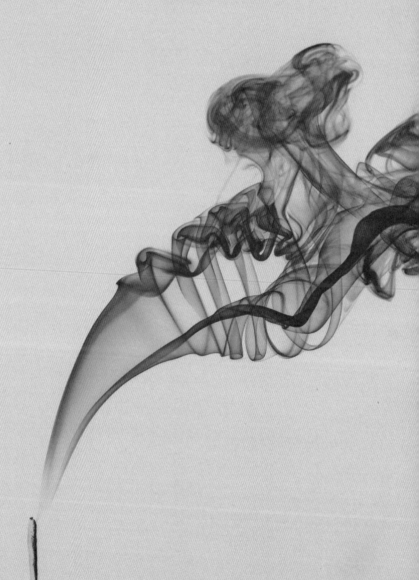

현관에 구두 한 켤레와 하이힐이 놓여 있었다.

"인마, 너 언제 나왔어?"

옷을 거의 걸치지 않은 민욱이 나왔다.

필립 스탁 테이블 위로 여자의 속옷이 걸쳐져 있었다. 진홍은 들고 온 짐 가방을 내려놓았다. 실오라기 하나 걸치지 않은 미녀가 낙타색 가죽 소파 위에 누워 잠들어 있었다.

민욱은 여자에게 겉옷을 덮어 주고는 흔들어 깨웠다.

"일어나. 미안하지만 오늘은 다른 곳에서 자."

술을 많이 마셨는지 여자는 무거운 눈꺼풀을 겨우 들어올렸다. 정신을 차리자마자 자신의 옆에 앉아 있는 낯선 남자를 보고 혼비백산한 표정을 지었다. 여자는 옷가지를 챙겨 바깥으로 나가 버렸다.

"요즘 애들 무서워. 겁 없이 마시고, 겁 없이 달려든다니까."

그녀가 남겨 놓은 브래지어를 들어 올리며 민욱이 낄낄댔다. 진홍은 냉장고에서 병맥주를 꺼내 들이켰다. 집을 비우는 동안 가끔씩 와서 화초에 물을 주고, 어항도 관리해 달라고 부탁해 두었었다.

사람을 쓸 줄 알았는데 직접 와 있을 줄은 몰랐다.

"우리 집보다 가깝잖냐. 회사가."

민욱이 병맥주를 빼앗아 들며 말했다. 진홍은 황토색 러그가 깔린 거실 바닥에 앉았다. 무게중심이 흐트러지면서 소파 밑에 놓인 와인 잔을 쓰러뜨릴 뻔 했다.

붉은 색 립스틱 자국이 선명한 와인 잔. 쟁반 위에는 와인 잔뿐만 아니라 작게 잘려진 프로마주와 치즈 나이프가 놓여 있었다.

진홍은 나이프를 들어 민욱의 눈앞에서 휘둘렀다. 민욱이 깜짝 놀라 뒤로 물러섰다.

"왜…… 왜 그래? 너 화났어? 내가 여자 데려와서?"

"넌 내가 안 무섭냐? 나…… 살인범일 수도 있는데."

민욱은 콧방귀를 뀌었다.

"웃기시네. 천하의 서진홍이가 어떻게 사람을 죽이냐? 회사 사람들 잡고 물어봐라. 누가 그 말을 믿나."

"내가 얘기했잖아. RV라고. 어머니가 RV가 되어 찾아와서 나를 죽이려고 했다구."

진홍은 오늘 겪은 일을 하나하나 상세히 설명했다.

민욱은 진홍만큼이나 현실적인 성격이었다. 이야기를 듣는 동안 그는 구겨진 미간을 풀지 않았다. RV니, CIA니, 진홍이 느끼기에도 너무 현실과 동떨어진 명사들이었다.

"그래서 그 중국인을 어머니가 죽였어? 만날 교회당이나 다니시던 분이 사람 목을 잘라냈다고? 하."

민욱의 반응을 보고 진홍은 서서히 꿈에서 깨는 느낌이었다. 지난 몇 주 동안 얼마나 비현실적인 세계 속에 갇혀 살았는지도.

그렇다. 이쪽이 현실이다. 살아 돌아온 어머니나 RV, 복수나 소멸 같은 건 없다. 오늘의 코스피 지수, 환율, 세금, 그런 게 몇 배나 더 중요하다.

"내가 너랑 20여 년 알고 지냈잖아. 너희 어머니도 만나 본 적이 있구. 객관적인 입장에서 이야기하는데, 넌 절대로 살인자가 아니야. 너희 어머니도 사람을 죽이실 분이 아니지. 네가 정 때문에 머리가 이상해져서 헤매는 거 같으니까, 이 형님이 핵심을 잡아 줄게."

민욱은 말없이 맥주를 마시며 어떻게든 소화되지 않는 이야기를 이해하려고 안간힘을 썼다. 그리고 한참 만에 말했다.

"그 RV는 네 어머니가 아냐."

"하지만……."

"하지만은 없어. 네 어머니는 좋은 분이셨잖아. 너도 좋은 놈이고. 운이 나빠서 그렇게 돌아가셨지만 네 어머니는 나도 아들처럼 대해 주신 고마운 분이야. RV 같은 살인 기계와 비교할 수도 없어."

민욱이 단정하듯 말했다. 그의 말에는 설득력이 있었다.

면회실에서 보았던 어머니의 눈이 잊히지 않았다. 어머니는 리칭청을 죽이고 난 후에도 여전히 진홍에게 반응했다. 눈을 희번덕거리며 침을 흘리고 마치 포식자가 먹이를 노릴 때처럼 증오와 원한이 담긴 격렬한 눈빛으로 그를 쏘아보았다. 명숙을 결박하고 있던 쇠사슬이 엿가락처럼 가볍게 부서지는 동안에도 진홍은 손가락 하나 까딱하지 못했다. 재빨리 경채가 튀어와 끌어내지 않았다면 분명 그대로 죽었을 것이다. 어머니의 울부짖는 신음, 발포된 총탄, 강철 차단막이 내려오던 소리.

"도대체 왜 날 죽이려고 했을까."

담배를 집어드는 진홍의 손끝이 부들부들 떨렸다. 민욱이 불을 붙여 주었다.

"그놈이 이상한 말을 했어."

"무슨?"

"엄마를 죽였던 게 청부 살인이었다고."

"청부 살인?"

라이터를 주머니에 집어넣던 민욱이 행동을 멈추었다. 진홍만큼 충격을 받은 모양이었다.

"너희 어머니가 누구한테 원한을 사거나, 미움 받을 만한 분이 아니잖아."

"나도 알아. 그런데 NIS에서는 내가 청부업자를 고용한 장본인이라고 생각해. 그래서 날 놔준 거야. 지은 죄가 있는 놈이니 입을 다물고 있겠거니 생각한 거지."

친구가 처한 상황을 납득하기 위해 민욱은 담배 한 대를 피워 물었다.

"하긴 그렇게 생각하면 RV가 널 공격했던 것도 이해가 되긴 한다. NIS가 널 의심하는 게 당연하지. 나라도 그렇게 생각했겠어. 근데 그래서 널 풀어 줬다? 세상에……."

"난 아냐."

잠긴 목소리로 진홍이 으르렁거렸다. 가장 믿었던 친구마저 그들처럼 변하고 있었다.

"난 널 믿어. 진홍아. 네 편이라구.

다시 생각해 보니까, 그 범인이 한 말이 이상해. 살인 청부일 경우에 죄질이 나빠서 형량이 커지잖아. 다른 여죄도 추궁받고. 진짜 청부업자라면 그런 걸 털어놨을 리가 없지. 내 생각에는 그놈이 너한테 덮어씌우려고 한 게 분명해. RV가 널 공격한다는 걸 알고 말이야. 법도 모르고 상황판단이 안 되는 미친놈이니까 즉석에서 말을 꾸며 댄 거야."

필터만 남은 담배를 재떨이 위에 비벼 끄면서 진홍은 상황을 잘 모르는 민욱에게 국정원 안에서의 일을 들려주었다. 하형이 RV에 관한 모든 비밀을 지키라고 겁박했고, 집에도 도청장치를 설치해 놨을지 모르는 일이었지만 상관없었다.

"자백하기 전까지 그놈, 우리 엄마가 돌아왔다는 걸 모르고 있었어. 국정원에서 형량 감면을 제안해서 술술 불었던 거고. 확실한 건 아니지만, 눈치가 그랬어. 그쪽 요원들도 정말 제정신이 아니야. RV에 관한 진실을 제대로 파악하기 위해서라면 잔챙이들은 어찌되든 조금도 상관하지 않았어. 무죄방면하든 머리가 잘려나가든. 난 지금 우리 엄마 손에 죽은 그놈이 딱하다는 생각까지 들어."

"넌 그럼 그 살인 청부 운운하는 말이 진짜라고 생각해?"

민욱은 차마 뒷말을 잊지 못하고 오래도록 진홍을 바라봤다.

"너 혹시……."

그동안 억눌러 왔던 뜨거운 눈물이 진홍의 볼을 타고 흘러내렸다. 도대체 무얼 믿고 무얼 잊어야 할지 판단이 서지 않았다. 어머니를 구해야 할지 말아야 할지. 국정원에 갇힌 어머니가 진짜인지 아닌지. 나 자신은 정말로 결백할까. 목이 졸린 기분이었다. 숨을 쉴 수가 없다.

"아니야. 난 우리 엄마 안 죽였어. 나도 날 못 믿겠지만, 아니라고."

민욱은 무너지는 친구의 어깨를 감싸 안았다.

"정신 차려. 난 너 믿어. 진짜 살인자였다면 이런 이야기 나한테 털어놨겠냐? 넌 결백해."

"처음에 난 엄마가 나한테 달려드는 이유가 따로 있다고 생각했어. 나 때문에 그런 일을 겪었으니까."

그러니까 어머니께 사업 자금을 요청하지만 않았던들, 아니 진홍이 몇 분만 서둘러서 출발했더라면 명숙은 죽지 않았을 것이다.

'너 때문이야.'

'왜 나를 구해 주지 못했니.'

이 두 가지 생각이 어머니의 무의식에 원념으로 남아 오작동을 일으키는 거라고 생각했다. 그런 가정만으로도 가슴이 찢어지는 것만 같다.

눈을 감으면 아직도 그곳에 갇혀 있는 어머니가 떠올랐다. 혼자서 얼마나 무서울까. 계속 아들을 찾으며 두려워 떨고 있지는 않을까.

"만약 내가 어머니를 구해 내면······. 바뀌지 않을까. 원망이 풀어지고, 다시 정상으로······."

"너 지금 무슨 생각하는 거야? 정신 차려 인마."

"다 알고 있었어. 나 어렸을 적 일들, 가족이 아니면 알 수 없는 작은 일들까지도. 어떻게 된 건지 모르겠지만, 살인 기계 같은 게 아니었어. 정말로 우리 엄마였어. 정말로."

민욱이 아무리 말려도 소용이 없었다. 진홍은 술에 취한 사람처럼 넋두리만 계속해서 늘어놓았다. 그동안에는 일을 하며 슬픔과 가책을 억눌러 왔고, NIS 안에 있을 때는 어머니를 돌보고 검사를 받고, 진범을 찾는 일에만 집중해서 자신이 입은 내면의 상처를 살피지 못했다. 그러나 지금 집에 돌아와 가장 신뢰하는 친구의 위로를 받자 진홍은 완전히 무너져 버렸다.

"어머니를 찾아야 해. 같이 도망가야 해."

"너 지금 무슨 소리를 하는 거야. 그 RV는 네 어머니가 아니야. 차라리 그 청부 살인을 의뢰했다는 사람부터 찾아보자. 그 사람이 왜 그런 의뢰를 했는지를 알면 RV가 너를 노렸던 이유를 찾을 수 있을 거야. 나도 도울게. 원한다면 국정원 내에서 정보라도 빼내 줄 테니까."

"아니, 네가 할 일은 따로 있어."

더 이상 사업에 대한 미련이 없었다. 아니, 일에 대한 욕심은 진즉에 사라졌었다. 어머니가 돌아가셨던 그 순간 이미 야망은 죽어 버렸다.

소원이 있다면 그저 인간으로 사는 것.

가족과 정을 나누며 사는 것.

진홍은 오피스텔로 돌아오는 동안 결심했던 바를 사업 파트너에게 털어놓았다.

"내 지분을 인수하고 회사를 맡아 줘."

민욱은 아무 말도 하지 못했다. 지금까지 들은 이야기만으로도 이미 KO 상태였다. 민욱은 핸드폰을 꺼내 성희에게 전화를 걸었다. 하지만 진홍의 결심은 그 어느 때보다 확고했다. 괜히 누나를 위험에 빠뜨리고 싶지도 않았다. 그는 민욱의 팔을 붙잡아 핸드폰을 빼앗았다.

"부탁이야. 제발."

"너무 위험하잖아. 몰라서 그래?"

"그럼 네가 도와줘."

"정말 그 RV가 네 어머니라고 확신하는 거야? 그래?"

진홍은 고개를 끄덕였다. 얼굴을 찌푸린 채로 자리에서 일어난 민욱은 성질을 못 이겨 소파를 걷어찼다. 그가 보기에도 성희가 찍은 영상 속 RV는 진짜 최명숙과 꼭 닮아 있었다. 매사에 차분하고 이성적인 진홍이 이렇게까지 흥분하는 것도 무리는 아니었다. 7년 동안 어머니 일로 얼마나 고통을 삼키며 살아 왔는지 민욱은 옆에서 지겹도록 지켜보았다. 설령 RV가 가짜라도 진홍에게는 그걸 분별하고 수용할 힘이 없는 상태였다. 이런 상황에서 잊으라고 아무리 말해 봤자 소용없다. 회사에 돌아갈 수도 없을 뿐더러, 근무에 복귀해도 NIS에 갇힌 어머니가 떠올라 회사를 박차고 나갈 게 뻔했다.

"그래, 니 마음대로 해라. 니 마음대로 해."

결국 민욱은 체념했다. 진홍은 그런 민욱을 크게 포옹하며 감사를 표현했다. 할 일이 많았다.

* * *

접견자 목록을 확인한 교도관이 반가운 눈치로 까닥 인사를 했다. 어제 눈이 소도록이 내린 탓에 구치소 건물이 얼룩덜룩 지저분하다. 운동 시간이라 재소자들이 공을 차고 노는 모습이 보였다.

오랜만의 구치소 방문이었다.

"자주 좀 오시지."

"일 때문에 여간 바빠야지. 지난번 왔을 때는 왜 면회가 안 됐던 거야? 징계 중이었나? 내가 온다니까 그놈 일부러 사고 쳤지?"

30대 초반의 젊은 교도관은 경채의 농담을 듣고 키득거리며 웃었다.

접견실에는 이미 그가 앉아 있었다.

여느 때처럼 연청색 죄수복에 빨간 명찰을 붙이고 있다. 경채를 보자마자 똥 씹은 얼굴로 돌아앉는다.

반면 경채는 그가 그렇게 반가울 수가 없었다. 그동안 쌓인 스트레스를 모두 해소하려면 시간이 촉박하다. 준비운동 하듯이 팔을 두어 번 획획 휘두르고는 삐걱대는 접철식 의자 위에 털썩 주저앉았다.

접견실 풍경은 변함없었다. 한쪽 구석에는 접견실을 감시하는 교도관이 앉아 있고, 벽면에는 감시 카메라가 달려 있다. 대화 내용도 녹음되지만 아무도 그걸 문제 삼는 이는 없다. 경채는 팔짱을 끼고 의자에 앉았다.

"잘 지냈냐, 세금충?"

경채에게는 기벽이 있었다. 그 어떤 성자, 완벽한 인간이라도 마구 괴롭혀서 한 번은 인격의 끝을 드러내게 만들어야 직성이 풀렸다. 어떤 때는 폭넓은 어휘력과 참신한 표현으로 구성진 욕설을 막힘없이 구사했고, 때로는 상대방의 성격을 파악해서 한 마디 말을 심부 깊숙이 꽂아 넣었다. 때와 상황, 인물에 따라 전략적인 인신공격을 벌여서 상대가 이성을 잃고 무너질 때 쾌감을 느꼈다. 상대가 선하든 악하든 관심 없었다. 누구든 제 앞에서 흐트러지는 모습을 이끌어내야 안심이 되었다. 사람과 닮은 기계들이 매일 같이 출시되는 세기를 지내다 보니 발생한 모종의 공포증일지도 모른다. 국정원에 투신한 일도 이러한 삐뚤어진 가학성을 합법적으로 만족시키는 길을 모색하다 이루어졌다.

사형수 표세춘은 경채가 최소 한 달에 한 번씩 찾아와 아낌없이 욕설을 퍼붓고 가는 간식거리였다.

세춘은 허영심과 자존심이 강해서 자신을 별것 아닌 인물로 치부하면 곧바로 눈이 뒤집혔다. 사람을 죽인 걸 뉘우치지는 않고 조폭 우두머리급의 귀빈 대우를 교도소 동료나 교도관 들에게 기대하고 있었다. 그것이 충족되지 않으면 온갖 말썽을 부리고 사고를 쳤다. 그의 행동에 이가 갈린 교도관들은 수시로 경채에게 메일을 보내 세춘의 구치소 생활에 대해 낱낱이 보고했다. 그럼 경채는 면밀하게 메일을 읽고 세춘을 공격할 거리를 찾았다가 어느 날 찾아와 그를 난도질하는 것이다.

교도관들은 두 패로 나뉘었다. 경채가 무슨 짓을 하는지 알고 있지만 묵인하는 류. 아니면 적극적으로 메일을 보내 도와주는 류. 하지만 어느 쪽이라도 경채가 방문했을 때의 접견 동영상은 사내 메신저로 공유하며 즐겁게 시청했다. 수형자들에 대한 스트레스로 정신병원을 다니고, 우울증 약까지 복용하던 교도관이 경채 덕분에 완쾌되었을 정도였다. 그 이야기를 전해 듣고 경채는 자신의 존재가 주는 사회적 이로움에 적이 만족했다.

극악한 범죄를 저지른 사형수라도 일단 교도소에 들어오면 자신이 저지른 범죄와 전혀 다른 인격을 보이는 경우가 있다. 수많은 여성을 난도질해 죽인 남자가 실제로는 한없이 고분고분한 말수 적은 인사라든지, 어린아이들을 유괴해서 살해한 인간이 사실은 작은 칭찬에도 굶주린, 얄팍한 자존감의 소유자라든지. 그렇기 때문에 뉴스에 보도된 중범죄자들 중에도 교도관들과 잘 어울려 나가면서 교화의 수순을 밟는 경우도 얼마든지 있었다.

그러나 세춘처럼 범죄자 본연의 인간성을 가진 놈들이 훨씬 더 많았다.

독거노인 열다섯 명을 살해한 혐의로 사형을 언도받은 세춘은 구치소에 들어와서도 반사회적 성격의 면모를 드러내며 추한 꼴을 벌였다. 수많은 죄수들을 교화하면서 생불(生佛)이라 불릴 정도로 너그러웠던 이소평 교도관마저 세춘의 성질머리를 이기지 못하고 삼단봉을 뽑아들었을 정도였다.

경채가 세춘에게 들러붙게 된 계기는 그의 사형 확정 재판을 참관하면서부터였다. 동료 요원이 담당했던 사건이라 우연히 참석했었는데 세춘의 최후변론을 듣고 그 유다른 정신머리에 탄복하고 말았다.

세춘은 재판장과 청중을 향해 연설을 했다.

인명을 너무 많이, 잔혹하게 살상해서 사형이 확실시된 재판이었다. 세춘도 자신이 아무리 떠들어 봐야 형량을 바꿀 수 없다는 것을 알고 있었을 터였다.

그럼에도 그는 마음껏 혀를 놀렸다. 될 대로 되라는 식이었을 것이다.

"죽은 노인들은 어차피 있으나마나 한 사람들이었어요. 명절이 되어도 자식들이 돌아보지 않고, 친구들도 거의 죽고, 공원에서 죽치고 앉아 있지 않으면 누군가와 말을 섞을 기회도 없었지요. 일거리가 주어진다고 해봤자 폐지를 줍는 정도의 허드렛일뿐, 그나마도 치매에 걸리거나 병이 들면 관둬야 했어요. 여름에는 에어컨은커녕 선풍기도 편히 쐬지 못하고, 겨울에는 방을 데울 가스비를 아끼느라 냉돌 위에서 떨었겠지요.

내가 죽이지 않았으면 여생 즐겁게 살았을까요? 평온히 죽음을 기다리면서? 매일 굶주리다가 어느 날 자기가 싸 놓은 똥 위에서 죽지 않았을까요?

분명 그랬을 걸요. 다들 죽은 뒤에도 모두 몇 주 동안 방치되다가 발견되었잖아요.

체포되고 난 뒤에, 소름이 끼쳤던 게 한 가지 있어요. 구속되고, 현장 검증하고, 왔다갔다 몇 번 하면서 깨달은 건데요. 화를 내는 사람들은 좀 있어요. 나한테 욕을 한다든가. 소리를 지른다든가. 근데 힐끔힐끔 아무리 주변을 봐도 우는 인간은 없드라구요. 한 명도. 찔끔찔끔 울먹이는 거 말고. 왜 진짜 우는 거 있잖아요. 살해한 살인범을 바로 앞에 두고 핏대를 세우면서 울부짖는 유가족의 진짜 통곡소리요.

재판하면서도 수시로 방청객들 얼굴을 봤어요. 법정 분위기가 지나치게 차분하지 않아요? 아주 사무적인 분위기예요. 노친네들이 열 넘게 죽었는데, 우는 사람이 하나도 없어요. 그럼 내가 죽인 노인들은 대체 뭐였을까요? 유령들?

나 표세춘, 부모님 얼굴도 모르고 컸어요. 학교도 제대로 다니지 못했고, 공부에 취미도 못 붙였어요. 일을 할 근성도 없구요. 언제나 정이 그리웠지만 다들 날 무서워하거나 피하데요. 간혹 여자들을 만나기도 했는데 금방 관뒀어요. 나 같은 인생을 늘려서 무얼 해. 그잖아요?

일곱 번째 죽였던 할망구던가. 정말 드물게 목을 졸라서 죽여 줬던 노파가 한 말을 잊을 수가 없어요. 나를 잡고 울면서 그랬어요. 고맙다구. 무슨 병인가를 앓고 있었는데 그게 많이 아팠었나 봐요. 인사를 받으니 얼마나 뿌듯하던지.

맞아요. 진짜는 나 그렇게 나쁜 인간 아닙니다. 복 받은 인생들은 한 명도 해치지 않았잖아요. 웃는다고, 행복하다고 밉다고 죽이거나 하지 않았어요. 내가 처리한 건 나 같은 사람들뿐이에요. 없어져도 우는 사람 하나 없는 버러지들요. 내가 노인들을 죽였던 건 그 사람들이 너무 나랑 닮아서였어요. 보기 싫고 무서웠어요. 버려진 노친네들이 꼭 내 미래 같았으니까. 솔직히 몇 번은 과하게 망치를 휘두른 경향이 있기는 해요. 노인들이 평소 삶이 괴로웠더라도, 막상 상황이 닥치면 본능적으로 피한단 말이에요. 그러다보니······.

감옥에 갈 수 있어서 기뻐요. 어차피 세상이나 감옥이나 나한테는 별로 차이도 없는데요, 뭘. 그래도 거기에는 완벽하게 행복한 사람은 없겠지요. 정신건강에 참 좋을 거예요."

세춘의 말은 끝이 났다.

그가 변론을 끝냈을 때 재판장에는 불편한 침묵이 흘렀다. 뉘우치지 않는 범인을 보고 두려워하거나 당혹스러움에 얼굴을 붉히는 사람들도 많았다. 어떤 기자는 세춘이 했던 연설을 그대로 베껴 기사화해서 물의를 일으켰다.

방청석에서 그 모든 반응을 지켜보면서 경채는 평생 처음으로 살의를 느꼈다.

사람을 죽여 놓고도 의기양양한 표정으로 독선을 지껄이는 저놈.

범죄를 추동한 것은 자신이 아니라, 그렇게 비참한 인생을 살고 있던 피해자들이었노라며 죽은 노인들을 다시 한 번 모독하는 인간을 용서할 수 없었다. 죄책은 은근슬쩍 사회에 떠넘기고는 집행되지도 않을 사형을 받아놓고 희희낙락할 인간. 그가 죽을 때까지 낭비될 세금이 얼마일지 어림잡는 것만으로 복통이 일어났다.

미디어의 관심이 사그라지고 난 후 경채는 매주 한 번씩, 상황이 여의치 않을 때는 한 달에 한 번씩 세춘이 수감된 구치소를 찾았다.

그리고 접견을 요청해 10분이라는 짧은 시간 동안 욕설을 퍼부었다. 물론 접견 예약이 되었다고 하더라도 수감자가 거절하면 면회를 할 수 없는 것이 원칙이었지만 세춘은 경채의 접견을 거부할 수 없었다.

국정원에 채용된 후 줄곧 조직범죄 관련 분과에서 일했던 덕에 경채는 구치소 내에서 움직일 수 있는 끈이 많았다.

잡으러 다닐 때가 있는가 하면 도움을 받을 때도 있는 것이 이 바닥의 생리였다. 원활한 수사를 위해서 가끔은 보스들과 밥을 먹었고, 공익을 해치지 않는 범위 내에서 요구를 들어주고 정보를 얻어냈다.

혼자 사는 노인들만 노렸다는 점에서 알 수 있듯이 세춘은 운동신경도 형편없고, 배포도 없는 놈이었다. 열다섯 명을 죽였지만 성인 남자는 한 명도 제대로 제압할 수 없는 약골이었다. 인천 ××파 행동대장 출신에게 죽기 직전까지 구타당한 후로 세춘은 고분고분

경채와의 접견에 응했다.

의미 깊은 봉사활동을 시작한 지 올해로 벌써 5년이 되었다. 처음에는 까무러칠 정도로 화를 내던 놈이 이제는 어지간한 말로는 콧방귀도 뀌지 않는다.

세춘을 자극하기 위해 머리를 쓰는 일이 직접 수사를 하는 것보다 까다롭게 느껴질 때도 있었다.

경채는 최면을 걸었다.

유리벽 너머에 있는 저놈은 인간의 탈을 쓴 짐승이다.

열다섯 명을 죽이고도 두 발 뻗고 편하게 잠드는 악마다.

얼굴을 마주 대하는 시간이 길어질수록 경채의 눈과 귀는 자꾸만 세춘을 인간이라고 착각하려 들었다. 놈의 얼굴이 익숙해지고 친숙해지면서 심지어 귀엽게 보이는 날이 있었다. 저 손으로 노인들의 야윈 손발을 자르고, 고문했다는 걸 알면서도 세춘이 감기로 마른 걸 보면 마음이 좋지 않았다.

어느 날 갑자기 형이 집행되어 세춘이 죽는다면……. 빈 방에서 치킨과 맥주를 시켜 놓고 찔끔찔끔 눈물을 흘리지 않을까. 너무 일상이 되어 버린 세춘과의 대면이 두려워졌다. 근래 구치소를 잘 찾지 않았던 이유였다.

마침내 세춘이 흥분했다. 경채가 하는 말을 듣고 전기가 감전된 것처럼 부르르 떨다가 자리에서 일어나 씩씩거렸다. 유리벽 너머 보이는 세춘의 눈에는 살의가 깃들어 있었다. 교도관이 다가와 시간이 종료되었다고 귀띔했다.

"또 올게. 그때까지 살아 있어라."

경채는 무릎을 툭툭 치면서 접견실을 나왔다.

문밖에서 기다리고 있던 교도관이 경채의 손을 덥석 잡았다. 눈가에는 후련한 눈물이 그렁그렁 맺혀 있었다. 평상시에 세춘에게 시달리는 일이 많은 담당 교도관이었다. 하소연성 메일도 가장 많이 보냈다.

경채는 자주 오겠다고 인사하고 구치소를 나왔다. 차에 시동을 거는 순간 재킷 속주머니가 부르르 떨렸다.

"선배, 지금 어디예요?"

하형이었다.

"물 좋은데 있는데 왜? 오게?"

"장난하지 마요. 지금부터 내가 하는 이야기 들으면 기분 더러워질 테니까."

CIA에 관한 이야기였다. 그들이 명숙의 신변을 맡기로 결정되었다고 했다. 경채는 앓는 소리를 내며 핸들 위에 엎어졌다.

"근데 선배, 제가 중요한 걸 하나 알아냈어요. 아무래도 이번 사건 아니, RVP 전체가 박종호 박사랑 연관이 되어 있는 거 같아요."

"박종호 박사?"

차장이 위로조로 알려 준 정보였다.

우리 정부에서도 생존하는 RV에 대한 욕심이 크지만 워낙 CIA쪽에서 제시하는 증거가 확실해서 협조에 불응할 수 없었다고 했다. 그쪽 자료에 따르면 RVP는 미 국방부가 수억 달러의 예산을 들여

개발한 어떤 프로젝트와 상당 부분이 일치했다. 당시 미국 정부는 프로젝트를 이끌었던 한국계 인사의 돌발행동으로 연구 결과를 모두 잃는 피해를 입었다. 한국은 인도적인 책임을 지고 프로젝트의 부산물인 RV 최명숙을 개발국인 미국에 넘겨주어야 한다고 CIA는 압박했다.

인도적인 책임 좋아하시네. 개인이 한 행동을 왜 우리한테 따지고 난리야? 심지어 국적도 그쪽인 사람인데……. 말만 그럴싸한 게 꼭 누구같네.

다시 한 번 구치소로 들어가 욕설을 퍼붓고 싶은 충동이 들었다.

하형의 추리는 일리가 있었다. 전후 줄거리에 맞아떨어지는 인사는 그 사람밖에 없다.

박종호 박사.

한국계 엘리트로 노벨 생리의학상 수상이 확실시 되었으나 돌연 실종되는 바람에 수상이 취소된 비운의 천재였다. 그가 한국에 돌아왔다는 정보가 있어 국정원에서도 벌써 몇 년째 행적을 추적하고 있었다. 박종호 박사는 미군이 비밀리에 개발하던 SSS 프로젝트에 참여하다 실종되었다.

21세기 들어 사이코패스에 의한 범죄가 늘면서 사형제를 능가하는, 보다 진보적인 형벌 및 교화 시스템을 고안할 필요성이 대두되었다. 박종호 박사는 '완전한 심판'이라 별호(別號)되었던 프로젝트를 미군에 제안했고, 천문학적인 금액을 지원받아 연구를 완성시켰다. 그러나 모의 실행을 하던 중 그 끔찍한 효과에 놀란 전 미국 대통령 제리 하워드가 SSS와 관련된 모든 자료를 폐지하라고 강경하게 지시했다.

이후 박사는 정체를 알 수 없는 산업의 비호를 받아 자료를 모두 빼돌리고 종적을 감추었다. SSS가 무엇이었는지, 어떤 식으로 구조화되어 있는지 아는 사람은 아무도 없었다. 지금까지는.

"박종호 박사가 RVP를 일으킨 장본인이라고 치자. 그럼 SSS는 죽은 피해자들을 되살리는 프로젝트였다는 말이야?"

"아무래도 그런 것 같아요. SSS라는 것도 사실은 'Silma Silmasta System'이라는 뜻이래요."

"Silma Silma…… 뭐?"

"함무라비 법전에 나온 말이에요. 눈에는 눈. 피해자가 당한 것과 똑같은 방법으로 가해자를 처벌하는 거죠. 동해보복법(同害報復法) 말이에요."

리칭칭을 처벌하면서 명숙이 암송하던 말들이 떠올랐다. 눈에는 눈. 이에는 이. 그 말을 듣고 CIA는 동요했었다. 확신을 얻은 것이다. RVP의 배후에 박종호 박사가 있다는 것을.

한편으로는 김이 빠졌다. 새로운 형벌체계를 만들고자 몸부림을 쳤던 세계 최고의 지식인이 도달한 결론이 고작 '눈에는 눈'이라는 말인가.

죽은 자를 되살려 내고, 직접 가해자를 찾아 목숨을 빼앗게 한다. 기술적인 측면에서는 신의 경지에 이르렀을지 몰라도 철학적인 면에서는 오히려 퇴행한 시스템이었다. 사우디아라비아에서 시행되었던 신체 절단형이 차라리 인간적으로 느껴질 정도다. 프로젝트 전체를 덮어 버린 하워드 대통령의 결단이 이해가 된다.

"인간적이지 않나요?"

동정심이 가득 배어나오는 목소리로 하형이 말했다.

"박종호 박사의 아들이 일곱 살 때 유괴되어 살해당했잖아요. 범인은 잡지도 못하고."

"아무리 그래도 그렇지."

죽은 아들을 다시 보고 싶다는 열망. 그리고 범인을 처벌하고 싶다는 원한. 두 가지가 결합되어 탄생한 키메라가 SSS란 말인가.

경채는 품속에서 담배를 꺼냈다. 반년간 금연한 노력이 아까웠지만 지금만큼은 도저히 참을 수가 없었다.

6장

구출

11월 21일.

국가정보원 옥상에 위치한 헬기착륙장에 세 대의 헬기가 이륙을 준비하고 있었다. 주한 미군 부대에서 제공받은 군용 스텔스 헬기였다. 최명숙과 CIA 관계자들은 사람들의 눈을 피하기 쉬운 김포 공항으로 이동해 다시 전세기를 타고 워싱턴DC로 향할 예정이다. 워싱턴 남쪽 버지니아 주 맥클레인에 위치한 CIA 연구소가 최종 목적지였다.

하형과 경채는 함께 헬기를 타고 공항까지 이동하여 손님들을 경호하기로 했다. 저들은 전혀 도움을 원하지 않았지만 자존심 문제였다. 남의 영토에서 시시콜콜 간섭하고 중요참고인까지 데려가는 이들을 아무런 제약 없이 보낼 순 없었다.

명숙은 아들이 떠난 뒤로 눈에 띄게 침울해졌다. 음식을 먹는 양도 줄고 잠자는 시간도 줄었다. 발작은 한 번도 일어나지 않았고, 모든 지시에 순순히 따르는 것이 평범한 여느 아줌마들과 다를 바가 없었다.

원장이 직접 나와 배웅했다. 파견된 CIA 가운데 가장 지위가 높은 시안 맥컬러 동아시아 부장에게 악수를 청하고 잘 가라는 인사까지 건넸다. 무슨 거래가 이루어졌는지는 모르겠지만 정말 볼썽사나운 풍경이었다.

헬기는 예정했던 시간에 미련 없이 출발했다. 하늘은 잔뜩 찌푸려 있었다. 하형은 오늘과 내일 사이에 폭설이 예상된다던 기상 리포터의 말을 떠올렸다. 명숙은 그녀 옆에 몸을 숙인 채로 앉아 눈만 깜박이고 있었다.

"어디…… 가는 거죠?"

"미국에 가요."

"미……국? 왜?"

쉽게 대답이 나오지 않았다.

미국에 도착하면 명숙이 당할 일들은 뻔했다. 피를 뽑히고 사진을 찍고, 각종 검사가 그녀를 괴롭힐 것이다. 죽은 사람을 되살리는 묘법을 밝히고 RV의 신비를 알아낸다는 명목으로 저들은 온갖 잔인한 짓들을 자행할 것이다.

역시 목숨을 잃게 될까. 살아남기를 바라지만 그게 이 아줌마한테 좋은 일이 될 지는 모르겠어.

하형은 조금 놀랐다. 실험체처럼 느껴지던 RV에게 이렇게 감정이입하게 될 줄은 예상하지 못했다. 이게 다 그 남자 때문이었다. NIS에서 진홍이 보여 줬던 가식적인 행동, 명숙을 향한 한결같고 기만적인 친절들. 24시간 그의 행동을 관찰하다 보니 은연중에 하형도 명숙을 사람처럼 생각하게 되었다.

"진홍이……는요……? 진홍이……도 가……요?"

"아드님은 댁으로 돌려보냈어요. 많이 무서우셨죠? 이제 안심하셔도 돼요."

목소리가 갈라졌다. 밤새도록 박종호 박사 관련 자료를 찾고 해석하느라 많이 피곤했다. 명숙을 출국시키고 나면 이틀간 휴가를 받을 예정이었다. 경채도 무슨 생각인지 하형과 똑같이 휴가를 신청했다.

명숙은 혼란스러워했다.

"걔가 갔다고요? 날…… 두고요?"

"아드님이 범인이잖아요. 어쩔 수가 없었어요."

"진……홍이가? 아니……에요. 진홍이는 나……쁜 짓 안 했어요."

또 시작이다.

도대체 어디가 잘못된 것인지 명숙의 이야기는 항상 저렇게 두서가 없고 혼란스러웠다.

불량품. 분명 불량품이었다. 아들이 자신을 죽인 것을 아직도 인정하지 못하고 천진하게 아들을 그리워하는 명숙을 볼 때면 심장이 내려앉는 기분이었다. 진홍이 무죄인데 하형이 실수를 저지른 기분을 들게 만들기 때문이었다.

그 뿐만이 아니었다. 불쾌했다. 실수를 저지른다는 것, 결함이 있다는 점이 RV인 명숙을 사람처럼 느껴지게 만들었다. 이전까지 RV 현상은 새로 발명된 안드로이드나, 생체 기계에 의한 사법 테러라고 여겨져 왔다. 또한 각 사례를 관통하는 심판의 정확성은 각 국가의 사법 기관을 우롱할 정도로 정확하여 도리어 불온한 분위기를 풍겼다. RVP 배후가 누구이든 전 지구적으로 소란한 일을 벌인다는 건 기존 제도와 가치를 뒤흔드는 걸 즐기고 있다는 뜻이었고, 기성 종교와 각 국가들은 배후를 두려워할 수밖에 없었다.

실제로 RVP 현상을 새로 탄생한 신의 조화로 보는 사람들이 있었다. 그들은 자기 나름의 종교를 만들어 RV와 그 배후를 경외했다. 그가 가진 기술력과 정보력을 찬양했다. 특징이 있다면 신도들이 광신적인 분위기를 풍기지 않고 시민단체나 공학 기술자들의 사교 모임 같은 느긋한 분위기를 띤다는 점이었다.

그들은 엄밀히 말해 신을 섬기지는 않았다. 그들이 추종하는 건 일종의 정의로운 인공지능이었다. 사람을 되살릴 수 있는 초월적 생명공학 기술과 세상 곳곳을 잠도 자지 않고 지켜보는 정보력을 가졌으며 실수를 하지 않는 전 지구적 사회 제어 시스템을 열망했다. 확실히 21세기에 걸맞은 신의 모습이었다.

명숙을 만나기 전까지만 해도 하형도 그런 방식으로 RV를 바라보고 있었다. 그들이 강력하고 무오(無誤)할수록 저들은 먼 존재요, 이상한 존재로 여겨졌다.

하지만 지금 눈앞에 존재하는 이건 대체 무언가.

약하고 평범한 동네 아줌마일 뿐이다. 정신도 온전하지 않으며 순해빠졌고, 신체는 인간의 것과 똑같다. 처음에는 RV도 결국 결점이 있다는 걸로 느껴져 얼마간 실망하기도 했고 한편으로는 안도하기도 했다. 점점 커지는 RVP 추종자들에게 찬물을 끼얹을 근거를 잡았다고 생각했다.

명숙을 걱정하고 염려하는 자기 자신을 느낄수록 하형은 불안한 예감에 휩싸였다.

진짜 불량품일까? 정말로?

불량품이 아니라 쇄신된 개량품이라면. 앞으로 나타날 RV들의 변화를 보여 주는 시제품 같은 거라면. 검사 결과에서 RV의 모든 생체 반응은 인간으로 나왔다. 나노봇이나, 두뇌에 이식하는 칩도 발견되지 않았다.

굵게 마디지고 주름진 손가락이 떨리고 있었다. 고도가 높아질수록 두려워하고 있었다. 하형은 저도 모르게 그 손을 잡았고, 명숙은 더 가까이 몸을 붙여 왔다. 사람의 목을 잘라 죽였던 모습 같은 건 떠오르지도 않았다.

무의식은 정직하다. 이미 하형은 명숙을 인간으로 여기고 있었다. 자기가 잡은 손을 내려다보며 하형은 패배를 인정했다.

도대체 박종호 박사가 원하는 건 무엇일까? 사람의 연약함을 전면에 드러내는 이런 존재를 사용해서 그는 무슨 일을 꾀하고 있는 걸까?

어느새 헬기는 공항 청사 옥상에 도착했다. 국정원 요원들과 최명숙이 세 번째 헬기에서 나왔다. 먼저 도착한 CIA 요원들이 RV 옆에 달라붙었다. 하형은 유창한 영어로 요원들과 대화를 나누었다.

"옥상 바로 밑에 전세기 정치장으로 통하는 엘리베이터가 있어요. 그쪽으로 가시죠."

경채와 하형은 요원들을 따라 건물 복도로 들어왔다. 유리창 너머 자가용 항공기 전용 주기장이 내려다보였다. 20인승 엘리베이터를 타고 탑승구가 위치한 2층으로 내려갔다.

4층을 지나가던 순간이었다. 덜커덩 소리가 나더니 엘리베이터가 멈췄다. 내부를 비추던 불이 깜빡이다 비상등으로 바뀌었다. 긴급 버튼도 대꾸가 없었다. 요원들 사이에서 긴장감이 흘렀다. 몇 분 지나지 않아 제일 가운데에 서 있던 CIA 요원 하나가 픽 쓰러졌다.

가스다.

경채는 재빨리 재킷을 벗어 눈과 코와 입을 가렸다. 하형에게도 말해 주려고 했지만 이미 늦었다. 남자보다 체격도 작고 체중도 작은 하형은 반응이 빨랐다. 무너지듯 쓰러지는 그녀를 잡아 바닥에 눕혔다. 명숙도 버티지 못하고 졸도했다. CIA 요원들도 하나둘 도미노처럼 의식을 잃었다.

남은 것은 경채를 비롯해 다섯 명이었다. 그들 중 CIA 요원들이 가뿐히 올라가 엘리베이터 천정 환기구를 열었다. 별안간 엘리베이터가 구동했다. 서로의 몸을 밟고 서 있던 요원들이 휘청거리며 넘어졌다. 경채도 그들과 부딪혀 바닥에 넘어졌다. 눈이 따갑고 몸이 무거웠다. 정신은 잃지 않았지만 육체 능력이 현저히 떨어지고 있었다.

벨소리와 함께 문이 열렸다.

경채의 뒤에 있던 CIA 흑인 요원 하나가 바깥을 살피면서 뛰쳐나 갔다. 넘어져 있던 다른 요원들도 재빠르게 엘리베이터를 빠져 나 갔다. 숨을 몰아쉬면서도 총을 든 손은 흔들림이 없었다. 주위를 두 리번거리며 표적을 찾았다.

픽. 픽. 픽.

그러나 저쪽도 빈손이 아니었다. 사방에서 총탄이 날아와 엘리베 이터에서 뛰쳐나온 요원들의 몸에 박혔다. 무서울 정도로 정확한 솜씨였다.

더 놀라운 것은 CIA 요원들이었다. 총을 맞은 충격이 상당할 텐데 도 안색 하나 변하지 않았다. 인조인간처럼 태연자약한 얼굴로 사 격을 계속할 뿐이었다.

방탄복. 방탄복을 입고 있었던 모양이다. 얇은 옷차림새라 전혀 방비가 드러나지 않았었다. 첩보 최강국다웠다.

'역시 CIA……. 항상 총격에 대비하고 사는구만.'

상대편도 CIA 요원들의 방탄복을 눈치 챈 듯했다. 잠시 사격을 멈 추는가 싶더니 이번에는 요원들의 목덜미를 향해 탄환이 날아들었 다. 눈 깜짝할 사이였다. 경채가 나서기도 전에 한 명 한 명 총을 맞 고 쓰러졌다.

가스 덕분에 몽롱해진 의식 속에서 경채는 눈을 가늘게 떴다. 가 장 가까이에 넘어진 아군의 등이 안정된 호흡으로 오르락내리락하고 있었다. 급소를 맞았는데도 출혈이 없다. 총격을 당한 다른 CIA 요원들도 마찬가지였다. 자세히 보니 총탄이 목을 꿰뚫지 못하고 피부에 붙어 있었다.

감탄이 절로 나왔다.

적이 누구인지는 모르겠지만 몇 분 만에 미국에서도 내노라 하는 요원들을 피 한 방울 흘리지 않고 제압했다.

가장 큰 패인은 적은 인원으로 중요 실험체를 옮기려고 한 CIA의 자만심에 있었다. 그러나 요원들이 한 공간에 붙박여 있을 때를 노려 마취 가스를 넣고 엘리베이터에서 뛰쳐나올 때 마취탄을 속사한 전략이나, NIS와 CIA 사이에 이루어진 밀약을 알아낸 능력은 보통 상대가 아니라는 걸 짐작케 했다.

구둣발 소리가 들려왔다. 최소 다섯 명 정도 되는 장정들의 발소리였다.

누굴까. 최명숙 케이스에 대한 정보를 어떻게 알아낸 것일까.

부활의 증거물을 노릴 만한 기관이나 인물은 어디에나 있었다. 세계적인 제약회사, 부호, 권력자나, 국제 범죄 조직 등. 아니, 인간이라면 누구나 알고 싶어 할 만한 비밀이었다.

경채는 품속에 있던 권총을 조용히 꺼내 허벅다리 밑에 숨겼다. 그리고 정신을 잃은 시늉을 하며 엘리베이터 벽에 머리를 기대고 있었다. 저들이 사정거리 안에 들어오길 기다렸다가 총을 꺼낼 작정이었다.

하나. 둘. 셋.

실눈을 뜨고 눈앞에 아른거리는 몇 개의 그림자를 바라보았다. 그중에 익숙한 얼굴이 있었다.

서진홍?

진홍은 청바지에 파스텔 톤의 니트를 걸친 차림새였다. 점심시간에 잠시 커피라도 마시러 나온 사람처럼 차림새가 단출했다. 경채 앞에 멈추어서더니 허벅다리를 지그시 밟고 숨겨둔 권총을 꺼냈다. 후방지원팀이 CCTV를 해킹해서 무선통지를 해 준 모양이었다. 진홍의 귀에 걸린 이어폰이 눈에 들어왔다.

차가운 총구가 관자놀이에 닿았다.

"오랜만이네요. 잘 지냈나요?"

"덕……분에."

진홍이 신호하자 뒤따라온 덩치 큰 장정들이 엘리베이터 안으로 들어왔다. 한눈에 보기에도 프로들이었다. 남자들은 쓰러진 CIA 요원들의 품을 뒤적거리더니 그들이 소지한 무선 단말기들을 찾아냈다. 태블릿들이 경채 바로 앞에 장작더미처럼 수북이 쌓였다. 진홍은 들고 있던 총으로 단말기를 난사했다. 콰직 과자처럼 부서지는 기계들의 표면에는 거미줄과 같은 무늬의 관통상이 남았다.

다음은 내 차례인가?

최악의 상황을 각오했지만 진홍의 총은 이쪽으로 향하지 않았다. 그는 바닥에 쓰러진 요원들에게도 위해를 가하지 않았다. 정신을 잃은 어머니 쪽으로 다가가 상태를 살필 뿐이었다.

손가락을 코밑에 대어 호흡을 체크하고 손목을 짚어 맥을 확인했다. 곧 안도의 감정이 얼굴에 떠올랐다.

그 모습을 보고 있자니 그동안 경채가 마음에 품고 있었던 의혹이 눈 녹듯 사라져 버렸다. 부모의 건강을 염려하는 아들의 모습 그대로였다. 신체에 치명적 통증이 없는 걸 봐도 그가 사용한 가스는 무해한 종류의 최면가스일 확률이 높았다. 이 와중에도 애처롭다는 생각이 들었다.

"지금 누굴 적으로 만들고 있는지 알아요? 이 사람들 당신이 생각하는 것 이상으로 무서워요."

그러나 진홍은 경채의 말을 듣지 않았다. 그의 입에서 혼잣말을 하는 듯한 중얼거림이 흘러나왔다.

"죽는 건 하나도 무섭지 않아요."

그는 정신을 잃은 어머니를 가뿐히 들어올렸다.

그가 엘리베이터를 빠져 나가자 그를 따르던 남자들 중 한 사람이 총을 꺼냈다. 오른쪽 볼에서부터 목을 가로지르는 흉터 자국을 가진 사람이었다.

마취탄은 벌에 쏘인 듯한 감각을 만들어냈다. 팔이 얼얼해지더니 구역질이 나왔다. 그들은 경채가 넘어지는 걸 확인하고 뒤돌아섰다.

쓰러진 경채의 눈앞으로 방금 전 부서진 CIA의 단말기 부품들이 복도 바닥에 굴러다니는 것이 보였다. 그중에는 메모리 카드가 하나 있었다.

혼몽한 의식 속에서도 죽을힘을 다해 몸을 움직였다. 메모리 카드를 움켜잡은 순간, 먹먹한 어둠이 시야를 덮쳤다.

* * *

본부로 돌아온 후 경채와 하형은 엄청난 문책을 받았다.

휴가는 취소되었고, 시말서를 써야 했다. 문책을 당하기는 CIA 요원들도 마찬가지였다. 고국으로 돌아가지도 못하고 서진홍과 최명숙을 찾기 위해 본격적으로 국정원의 협조를 구해야 할 처지에 놓이게 되었다.

한 다리 너머 듣기로는 이번 일로 부서진 단말기들 때문에 미 본부에서 요원이 급파되었다는 이야기도 들렸다.

"아니, 새 걸로 주면 되지 설마 고쳐 쓴데? 미국 놈들 의외로 짠돌이네."

경채가 시말서를 쓰면서 한마디 하자 하형이 얼굴을 찌푸렸다.

"바보. 단말기 부품이 사라졌을까 봐 기술자가 온 거잖아요. 당연히 요원들은 새걸 받겠죠. CIA에서 쓰는 기술력이나 정보가 바깥으로 새어 나갔을까 봐 확인하러 온 거구요."

핀잔을 들은 경채는 침을 꿀꺽 삼켰다. 경채는 본부로 돌아오자마자 손에 넣은 메모리 카드를 기술팀 엔지니어에게 비밀리에 맡겼다. 혹시라도 SSS에 관한 정보를 알아낼 수 있을 지도 모른다는 희망에서였다.

시말서를 완성한 경채는 원장실로 향했다. 복도에 걸린 역대 NIS 원장들의 사진을 하나하나 지나 마침내 전현모 42대 국정원 원장의 사진이 놓인 문 앞에 다다랐다. 생체 인식을 마치고 나니 원장실 문이 열렸다.

현모는 갑자기 면담을 신청한 오경채 요원을 의외라는 눈빛으로 바라보았다. 그의 손에 들린 시말서를 힐끔 보고는 입가에 미소를 지었다. 경채는 허리를 굽혀 꾸벅 인사를 한 뒤 입을 열었다.

"아무리 생각해도 서진홍은 범인이 아닙니다."

"왜 그렇게 생각하지?"

창밖 석양은 인상파 화가들의 거친 붓질을 재현해 놓은 듯 강렬했다. 실내에는 거대한 호두나무 책상과 가죽 소파, 응접 테이블 사이로 난초들과 화초들이 즐비하게 늘어서 있었다. 채광이 좋은 덕분에 노을빛이 안개처럼 자욱했다.

"서진홍에게는 어머니를 구할 이유가 없었습니다. 그를 석방하면서 우리는 대가로 최명숙 살인 사건에 관한 수사를 완전히 묻을 거라고 제안했죠. 그가 진범이었다면 받아들이고도 남을 조건이었어요. CIA가 최명숙을 미국으로 데려가는 일도 범인의 입장에서는 생명을 위협받을 요인이 사라지는 거구요.

그런데 서진홍은 석방된 후 자신이 가지고 있던 회사 지분을 모두 처분했어요. 7년 전 최명숙 살인사건의 범인으로 지목되었던 이유도 회사를 살리기 위해 보험금을 노렸다는 것이 우리가 파악한 유일한 동기였잖습니까? 그가 어머니의 목숨보다 돈을 더 원했다면 자신이 가진 회사 지분을 모두 처분하고, 도피를 선택할 이유가 없습니다.

이번에 어머니를 구출하면서도 그는 단 한 명의 부상자도 내지 않았어요. 마취제에 과민반응을 보인 요원이 한 명 있기는 합니다만, 그건 서진홍이 예상한 바가 아니었겠죠. 다시 말해 그는 CIA와 국정원 요원들을 상대하는 극단적 상황 속에서도 야만성을 잘 제어할 수 있는 품성의 소유자였습니다. 이런 그가 7년 전에 자기 친어머니를 일곱 차례나 찔러 살해하도록 청탁했다는 건 말이 되지 않아요."

요원들 사이에서 백수광부(白首狂夫)로 불리는 전 원장이 경채를 지긋이 바라보았다.

정치계 인사들이었던 역대 원장들과 달리 전 원장은 젊은 시절 요원으로 종횡무진 활동한 경험이 있는 내부 인사였다. 다양한 사건들을 접하고, 수많은 인물들을 만나면서 그의 육감과 통찰은 무섭도록 정확하게 다듬어졌다.

"사람이 한결 같다고 보는 게 문제야."

"예?"

"그런 이유로 서진홍이 범인이 아니라고 단정 지을 수는 없어. 인간은 항상 변하지. 문제를 일으키고 변하기도 하고, 문제를 만나고 나서 변하기도 해."

전 원장은 부하가 이해하기 쉽도록 다시 설명했다.

"이렇게 생각해 보면 어떨까. 젊은 시절 서진홍은 돈이 절박했네. 너무나 절박해서 순간 이성을 잃고 살인 청탁을 했어. 순진했던 그는 업자들이 어떤 식으로 일을 처리하는지 알 수 없었고. 다만 자신의 알리바이만 확실하게 해 달라고 부탁했겠지. 설마 눈앞에서 자기 어머니가 난자당하는 꼴을 보게 될 거라고는 예상치 못했을 거야. 프로들은 일을 처리하는 데 서슴지 않지.

어머니의 보험금으로 회사는 살릴 수 있었지만 대신 그는 7년 동안 엄청난 양심의 가책에 시달렸어. 할 수만 있다면 시간을 되돌려 어머니를 되살리고 싶었지. 그럴 수만 있다면 어떤 대가도 지불하겠다고 생각했을 거야.

그러던 어느 날 거짓말처럼 어머니가 살아 돌아왔네. 얼마나 좋았겠나. 자기가 젊었을 때 멋모르고 저질렀던 실수를 만회할 기회를 얻은 거니까."

경채가 보지 못한 부분을 전 원장이 차분하게 지적하고 있었다. 그의 말대로라면 RV 최명숙이 아들을 노리는 이유와 그동안 진홍의 행동이 모두 설명된다.

백수광부는 다시 입을 열었다.

"나는 실종되기 전 박종호 박사와 만난 적이 있어. 아들을 그렇게 잃은 박사였지만 마지막까지 인간에 대한 신뢰를 붙잡고 있었어. 어떤 범죄자라 하더라도 교화의 여지를 가지고 있다고 믿었지."

과연 그럴까. 경채는 그렇게 생각하지 않았다.

물론 대부분의 범죄자들은 교화의 여지를 가지고 있는지도 모른다. 하지만 사이코패스들은 다르다. 그들은 두뇌부터 차이를 보인다. 어린 시절의 학대나 무관심이 유전적 경향성과 맞물려 사이코패스 성향의 범죄자를 만들어낸다는 게 학계의 지배적인 의견이었지만 간혹 사례를 보다보면 뇌 구조가 일반인들과 너무 달라 후천적인 학대를 유발했다고 여겨지는 경우도 있었다.

경채는 두뇌에 이상이 발견된 범죄자들의 부모들과 면담했던 일본의 범죄심리학자가 쓴 글을 떠올렸다.

한 부모가 털어놓길 아이가 어린 시절부터 유달리 키우기 힘들어서 강도 높은 체벌을 하지 않고는 행동을 제어하기 어려웠다고 했다. 같은 부모에게서 자란 다른 형제는 매를 거의 맞지 않고도 잘 컸지만 범죄자가 된 아이는 어렸을 때부터 수시로 매를 맞았다. 시간이 흐르자 주변에서 학대로 의심할 만큼 체벌 수위가 높아졌다. 무책임한 변명으로 치부하기에는 부모의 직업이나 평판이 너무 준수했다.

경채의 마음을 읽기라도 한 것처럼 전 원장이 말했다.

"박사는 범죄자들의 뇌 결함을 고칠 수 있다면 교화에 성공할 수 있을 거라고 생각하고 있었어."

"치료를 통한 교화……라구요?"

혼란스러웠다. 그것이 RVP와 무슨 상관이 있단 말인가. 피해자를 되살려 범죄자를 처단하게 하는 방식이 어떻게 범죄자를 치료와 연결될 수 있는지 종잡을 수 없었다.

"백하형 요원에게 듣기로 자네는 RV 최명숙이 불량이라고 생각했다지? 그러나 내 생각은 다르네. 그 RV는 제대로 작동하고 있는지도 몰라."

전 원장은 분무기를 들어 테이블 위에 놓인 호접란에 물을 뿌렸다. 유리알처럼 투명한 물방울 안에 사무실의 정경이 담겼다.

"어디까지나 내 가정이지만. RV에는 상대방의 교화 정도를 측정하는 기구가 장착되어 있는지도 몰라. 진홍이 자신의 죄에 대해 참회하고 있고, 거의 교화가 된 상태이기 때문에 최명숙이 망설이게 된 거지. 나는 그렇게 생각하고 있네. 그렇지 않다면 왜 서진홍이 아직까지 살아 있겠나?"

"하지만 어떻게요? 무엇으로 사람 내부를 들여다보고 교화되었는지 아닌지를 판단하는 거죠?"

"이건 내 예상일 뿐이야. 죽은 사람도 되살려낸 천재라면 육안으로 보지 못하는 두뇌 작용을 스캔하기란 쉽겠지."

전 원장은 난초 잎에 앉은 먼지를 마른 천으로 정성스럽게 닦아냈다.

서진홍이 국정원에 머무는 동안 경채는 그에게서 어떠한 뇌 결함이나 심리적인 이상 징후를 발견하지는 못했다. 심리학자들이 진단했던 대로 그는 사이코패스가 아닌 정상인일 수 있다.

7년이라는 세월 동안 죄를 뉘우치고 참회하면서 뇌가 긍정적인 변화를 일으킨 것일까?

서진홍 케이스는 RVP, 즉 SSS가 단순한 처벌 시스템이 아니라, 교화 시스템임을 입증하는 첫 번째 사례인 걸까?

범죄자가 완전히 교화되었다면 환세자는 소멸하지 않고 남은 생을 누리게 될까?

의문이 꼬리에 꼬리를 물고 머리를 스쳐지나갔다.

전 원장은 따뜻한 눈빛으로 경채를 바라보았다.

"자네와 백하형 요원에게 특별히 지시하고 싶은 게 있네."

전 원장의 비밀 지령은 다음과 같았다. 최대한 빨리 서진홍과 최명숙의 행방을 찾을 것. 그리고 그들을 안전하게 보호할 것. 그 다음 두 사람의 행적을 완전히 숨겨 CIA가 최명숙을 데려가지 못하도록 할 것. 이 세 가지가 전 원장의 소신이었다.

경채도 역시 바라던 바였다.

7장

자구(自救)

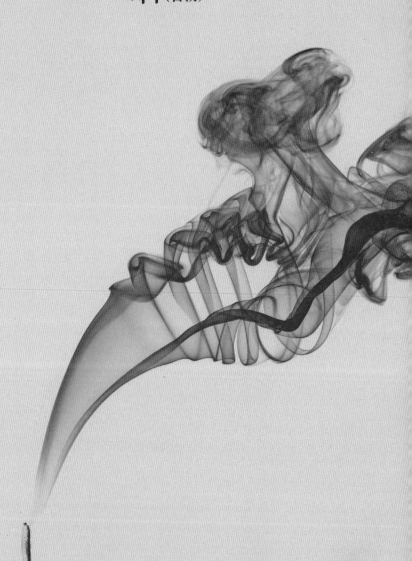

산길에는 야생 감나무들이 무리지어 자라고 있었다. 새들도 떠나고 낙엽도 떨어져 스산한 겨울 산이라도 공기만큼은 신선해서 걸을 맛이 났다. 요양원은 등산코스에서 상당히 떨어진 곳에 자리 잡고 있었다. 사전에 위치를 확실하게 알아두지 않았다면 영락없이 산을 헤맸을 것이다.

수풀 사이에서 육중한 철문이 모습을 드러냈다. 비바람에 적당히 녹이 슨 철문 주위에는 무시무시한 철제 울타리와 철조망이 둘러쳐져 있었다.

국정원에서 나왔다는 말을 듣고 간호사는 '아무렴요. 그러시겠지요.' 하는 표정을 지어 보였다. 옆에 있던 남자 조무사도 키득댔다. 지금 병원에는 마를린 먼로와 세종대왕, 외계인님도 계시니, 요원님께서는 모쪼록 조용히 들어와 달라며 농을 던졌다. 시시덕거리는 두 사람의 모습이 가소로워 신분증을 꺼내 보였다. 하지만 두 사람의 반응은 여전히 무미건조했다.

"진짜 요원들이 업무 중에 요원이라고 밝히면서 일한다고요? 그런 경우가 몇이나 되겠어요?"

"분과마다 다르죠. NIS는 음지에서만 일하지 않아요."

병원에 입원한 환자들 가운데 신분증과 제복을 정밀하게 위조해서 12년간 가족을 속여 온 경찰 사칭 허언증 환자가 있다는 사실을 하형이 알 리 없었다.

신제아 환자에 대한 이야기를 시시콜콜하게 늘어놓은 후에야 담당의사와 연결이 되었다. 메일로 협조 요청을 해 놓은 상태였지만 환자 하나가 발작을 일으키는 바람에 만남이 늦어졌다.

간호사는 손님에게 쌍화차와 유밀과를 내놓았다. 신제아의 담당의사인 장우석은 약속 시간보다 반시간 늦게 나타났다.

"죄송합니다. 시간에 맞추려고 했는데…… 갑자기 일이 생겨서."

흰 가운 아래 미색 셔츠, 청바지를 걸친 남자였다. 정신과 의사라기보다는 고교 보건교사가 더 어울리는 새맑은 인상이었다.

"제가 요청한 자료는 준비되어 있나요?"

"네. 정리해 두었습니다."

원칙적으로 환자의 상담기록과 치료 정보는 타인에게 공개할 수 없었다. 그러나 이번처럼 범죄나 누군가의 생명과 직결된 중대한 문제가 발생했을 때에는 신중히 정보를 공개한다.

하형은 병원 측에 서류를 보내 과거 신제아 환자를 강간한 사람들 중 한 명이 현재 중요인물을 납치했다는 사실을 전했다. 범인의 행적을 추적하기 위하여 그가 과거 저지른 죄과를 조사하고 범죄 심리를 이해하는 참고 자료로 삼기를 원한다는 요청서를 보냈다. 병원 측의 태도는 호의적이었다.

"신제아 환자는 10년 동안 입원과 퇴원을 반복했지만 도무지 상태가 호전되지 않았어요. 점진적으로는 악화되는 추세랄까. 저희가 할 수 있는 모든 치료를 다해 보았습니다만……. 혹시나 용의자 중 한 사람이 체포되어 법적인 처벌을 받게 된다면, 그것이 전혀 다른 성질의 범죄라도, 회복의 전기가 될지도 모른다는 생각에 협조하기로 한 겁니다. 최후의 수단이라고나 할까요."

우석의 이야기에 따르면 신제아가 주월 정신요양원에 처음으로 입원하게 된 것은 24살이 되던 가을이었다. 한때 유치원 보육교사를 꿈꾸던 소녀였지만 그 일을 겪은 후 좌절하여 유흥업소를 전전했다. 호스티스로 일한 5년 동안 그녀는 다량의 불법 약물을 접하면서 몸과 마음이 완전히 망가졌다. 요양원에 처음 입원하게 된 것도 손님 앞에서 자해를 하며 소동을 부렸기 때문이다. 신고를 받고 모텔로 출동한 경찰은 만신창이가 된 그녀를 보고 정신 보건 사회복지사에게 연락했다. 그녀는 곧바로 입원 절차를 밟았다.

"성매매 업소요?"

이해가 되지 않았다. 집단 강간을 경험한 여자라면 남자를 무서워하고 성관계를 피하려 하지 않을까.

우석은 찻잔을 내려놓으며 고개를 저었다.

"보통 그럴 거라고 생각하기 쉬운데요. 간혹 정반대로 행동하는 경우가 있어요. 자기징벌이랄까……. 유흥업소에서 일하면서 성폭행을 당한 자기 자신에게 벌을 내리는 거죠. 또 우회된 복수의 표출이기도 해요. 고객들을 괴롭힘으로써 남자들에게 받은 상처를 해소하는 거죠. 실제로 신제아 환자는 일하는 업소마다 굉장히 오만방자하게 행동했대요. 손님들은 그녀의 매력에 맥을 못 췄구요. 매상을 가장 많이 올리는 넘버 원 호스티스였다고 들었어요."

"현실적으로도 할머니를 부양해야 했으니, 돈을 많이 버는 유흥업소로 갈 수밖에 없었겠네요."

우석은 손가락을 까닥이며 부정했다.

"그건 아닌 것 같습니다. 제아 씨에게 직접 들은 이야기인데 생활비 일체를 대 주는 사람이 있었다고 하더라고요."

"유복한 친척이라도 있었던 모양이죠?"

"그게……. 그 후원자라는 사람이 집단 강간 사건을 일으킨 사람 중에 하나였어요. 이름이 뭐라고 했더라?"

우석은 테이블 옆에 놓여 있던 컴퓨터를 켜서 신제아 환자의 내담기록을 검색했다. 꽤 시간이 오래 걸렸다. 백련초로 색을 낸 유과를 먹으며 기다리다가 혹시나 하는 생각에 하형이 물었다.

"서진홍 씨는 아니었겠죠?"

"아, 알고 계셨나요? 맞아요. 정확히는 서진홍 씨가 자기 누나를 통해서 돈을 보내 왔어요."

마침 자료를 찾은 우석이 내역을 확인하며 대답했다.

진홍은 10년 넘게 한 달도 빠짐없이 점점 액수를 늘려 제아를 지원했다. 그가 보내 준 돈으로 제아의 할머니는 실버타운에서 지낼 수 있었고, 나중에는 제아의 요양원 입원비 일체도 대납했다.

유과 부스러기들이 한숨에 밀려 검정색 스커트 위로 떨어졌다. 하형은 옷을 털었다.

정말이지 종잡을 수 없는 인간이야.

예상치도 못한 습격을 받고 의무실 침상에 누워 있을 때 경채와 이야기를 나눴다. 서진홍이 살인범이라면 어머니를 구할 이유가 없다고 했다.

당시 강간 사건과 연루된 사람들은 모두 일곱 명이었다. 그중 누구도 제아를 돌아보지 않았다. 진홍만 빼고.

"유일한 참회자라……."

진홍을 사이코패스라고 치부했던 걸 수정해야 할 때가 왔는지도 모른다.

우석의 입에서는 또 다른 이야기가 흘러나왔다.

"이상한 건 말이에요. 신제아 씨는 서진홍을 가장 증오한단 거예요. 범죄에 연루된 다른 사람보다 몇 배 더 말이죠. 상담 중에도 그 사람 이야기가 나오면 수시로 안색이 변해서 무서울 정도예요. 그런데 막상 말을 들어보면 횡설수설하고……."

"어째서요?"

우석은 상담 시간에 제아가 직접 그린 그림들을 꺼내들었다. 형체를 극단적으로 단순화하고 왜곡하여 그린 그림들이었다. 사람이 사람처럼 보이지 않고 상자나 찢어진 천 조각처럼 보였다. 꼭 유치원생이 그린 그림 같았다. 성폭력이 정신적인 퇴행을 일으킬 수도 있다는 설명이 이어졌다.

하형은 그림을 세심히 관찰했다.

하얀 종이 가운데에는 큰 유방과 긴 다리를 가진 여자로 보이는 한 사람이 누워 있었다. 주위에는 남자들이 빙 둘러서 있었는데 눈동자는 붉게, 입에서는 침을 뚝뚝 흘리는 모습으로 그려져 있었다. 가장 눈에 띄는 건 그림의 가장 윗부분에 상징처럼 그려져 있는 형상이었다. 크게 벌린 입에 날카로운 이빨이 가득하고 두 개의 뿔이 돋아 있는 머리가 허공에 떠 있었다. 인신공양을 연상케 하는 분위기였다.

하형이 형상을 가리키며 물었다.

"이건⋯⋯."

"비비라고 하더군요. 전통 탈춤에 등장하는 캐릭터죠. 영노라고도 하는데 양반을 응징하는 귀신이에요. 그날 공연에서 서진홍 씨가 이 탈을 쓰고 춤을 췄대요.

왜 서진홍 씨를 가장 미워하는지 저도 이해가 되지 않아요. 보통 보상금을 받거나 생활에 도움을 받으면 용서까지는 아니더라도 원념이 누그러들기 마련이잖아요. 첫사랑이었는데, 동경했던 사람에게서 그런 일을 겪은 원망 때문일까. 사건을 망각하고 싶은데, 서진홍 씨가 돈을 보내는 행위를 통해 과거를 매번 일깨워 주니까 싫은 걸까. 여기에는 돈을 받고 싶지 않은데 받을 수밖에 없는 자신의 무력감에 대한 격노도 투사되었을 수 있구요. 서진홍 씨가 과거 사건의 대표자로 각인되었기 때문일 수도 있어요.

구체적인 생각도 해 봤습니다. 서진홍 씨가 돈을 빌미로 계속 연락하면서 몸을 요구한 적이 있었던 걸까……. 다행히 그건 아니었습니다만.

결론만 말씀드리면 아직도 저는 모르겠어요. 신제아 씨가 그를 그토록 미워하는지 이유를요."

점점 더 종잡을 수가 없었다.

그는 강간범이다.

그는 10년 넘는 세월 동안 피해자의 뒤를 봐주었다.

그는 살인범이다.

그는 어머니를 구하기 위해 모든 사회적인 지위를 포기하고 도피 생활을 선택했다.

도대체 서진홍은 어떤 인간일까. 잔학한 범죄자? 아니면 회개의 눈물을 흘리는 참회자?

"신제아 씨를 직접 만나서 이야기를 들어보면 안 될까요?"

우석은 곤란한 표정을 지어 보였다. 만나게 해 주고 싶지만 혹시라도 당시 사건이 떠올라 환자의 상태가 나빠질까 두렵다고 했다.

"제아 씨는 의료진이 아닌 다른 사람들과는 아예 말을 섞지 않아요. 만난다고 해도 별 성과 없을 텐데요."

"부탁드립니다."

하형은 고개를 숙였다. 신제아는 범죄자 서진홍의 진면목을 이야기해 줄 유일한 인물이었다.

한참 동안 설득한 끝에 겨우 허락을 받아냈다.

그녀가 있는 곳은 3층 폐쇄병동이었다. 환자들의 돌발 행동을 막는 창살이 복도 유리창을 따라 2중으로 설치되어 있었다. 유리창 너머로 주월산 느릅재가 보였다. 장비를 갖춘 등산객들이 일개미처럼 줄을 지어 산자락을 올라가고 있었다.

"저기 천창 아래, 안락의자에 앉아 있는 사람입니다."

주의사항을 반복해서 알려 준 후 우석은 사라졌다.

햇살은 모든 것을 부검해 버릴 기세로 강렬히 쏟아져 내리고 있었다. 몰골이 무참할 정도로 분명하게 드러났다. 담당의가 최후의 수단 운운했던 말이 이해가 되었다. 아직 죽지 않고 살아 있다는 게 신기할 정도였다.

경계성 성격 장애자들 중 뛰어난 외모의 소유자들이 많이 있다는 사실을 작년 심리분석 연수에 참여했을 때 배웠다. 우석도 그녀가 업소에서 일하던 시절 최고로 인기 있는 호스티스였다고 해서 편견처럼 제아의 외모에 대한 기대치가 높게 잡혀 있었다. 그래서 오히려 충격이 컸다.

퀭한 눈동자. 거칠거칠한 피부. 빗어 내렸지만 메마른 머리채. 의자 위에 앉아 있는 신제아는 피골이 상접할 정도로 야위어 있었다. 유방이나 엉덩이 같은 모든 여성적인 흔적들을 제거하기 위해 안간힘을 쓴 것 같았다.

죄인들은 저 밖에서 활개를 치며 살아가는데 피해자는 이토록 끔찍한 고통 속에서 몸부림 치고 있다니, 모순이었다.

천천히 조심스레 다가가 보았다. 그녀는 그림을 그리는 중이었다. 나뭇가지처럼 여윈 손가락과 손톱은 색색의 크레파스로 지저분했다. 해골처럼 마른 여인이 종이 한 장에 매달려 열중하는 모습은 동화 속 마녀의 현신처럼 으스스하고 기이했다.

또 무슨 그림을 그리고 있는 거지?

제아는 종이 위에 사람 그림자가 내리는 걸 보고 스케치북을 덮었다. 기세가 매서워서 하형은 멈칫했다.

"난 너랑 말 안 해."

제아가 말했다. 하형은 그녀가 말하는 바를 이해하지 못했다.

"내가 누군지 알아요?"

의료진들 외에는 말을 섞지 않는다고 들었다. 우석이 상담 중에 언질을 주었을까.

"알아. 또 다른 꼭두각시지. 나처럼 아무 것도 할 수 없는 가짜."

환상에 빠져 중얼거리는 모양이었다.

"맞아요. 나는 아무 것도 모르는 가짜예요. 그러니 당신 이야기를 듣고 싶어요. 서진흥 씨가 당신을 아프게 했다고 들었어요. 나를 도와주면 내가 그 사람 감옥에다 처넣을 게요. 평생 콩밥 먹일 자신 있어요."

하형의 말을 들은 제아의 표정이 순식간에 변했다. 마치 중국의 변검극을 보는 기분이었다. 제아는 어린 아이처럼 천진한 얼굴로 되물었다.

"왜요? 왜 그 사람을 감옥에 가둬요? 그 착하고 바보 같은 사람을."

"정말요? 아무 짓도 하지 않았어요? 그럼 그날은 무슨 일이 있었던 거예요?"

"비비가 그랬어요. 비비가요. 끔찍한 일은 모두 그놈이 저질렀어요. 그놈이 나를……."

제아가 버럭 소리를 질렀다. 호흡이 거칠어지고 눈동자가 격렬하게 흔들렸다. 발작하는 사람처럼 사지가 뻣뻣해졌다. 성격장애가 아니라 다중인격자처럼 보이는 행동들이었다.

하형은 기시감을 맛보았다. 비슷하다. RV 최명숙의 최면 기록. 그때 명숙도 혼란스런 반응을 보였다.

"당신을 죽인 사람이 아들 서진홍 씨 맞습니까?"

"아니. 아닙니다. 그 아이는 날 죽이지 않았어요."

"그럼 왜 진홍 씨를 공격하셨죠?"

"그 애가 나를 죽였으니까. 그놈이 날 죽였어요."

"무슨 말이죠? 최명숙 씨? 방금 전에는 서진홍 씨가 당신을 죽이지 않았다고 말했잖아요."

"그 아이는 저를 죽이지 않았어요."

"그런데 당신은 그를 왜 공격하는 겁니까?"

"그놈이 나를 죽였으니까!"

울부짖던 최명숙의 외침이 아직도 귀에 생생했다.

해소되지 않는 갑갑증이 목을 졸라왔다.

최명숙과 신제아. 서진홍의 제물이 된 그녀들은 왜 이런 반응을 보이는 것일까. 이토록 갈피를 잡을 수 없게 만드는 행동의 원인은 무엇일까.

제아가 발작 증상을 보이자 주위에 있던 간호사들이 달려왔다. 처치를 하느라 부산한 와중에 수간호사가 손을 내두르며 하형을 밀쳤다. 이제 면회는 끝났다는 의미였다. 간호사들에게 제압당하면서 제아는 계속 괴성을 질렀다.

"백하형!"

병동을 나가려던 하형은 걸음을 멈추었다. 이름을 알려 준 적이 없다. 우석이 이름까지 알려 줬을까. 뒤돌아보니 제아는 깡마른 손가락으로 바닥에 떨어진 스케치북을 가리키고 있었다.

"지민이를 만나요. 당신들을 직접 찾아갈 거예요."

지민이?

함께 입원해 있는 환자 이름인지도 모른다는 생각이 들었다. 제아는 사람들에게 붙잡혀 안정실로 옮겨졌다.

하형은 되돌아가 떨어져 있는 스케치북을 집어 들었다. 특별한 그림은 없었다. 아까 우석이 보여 준 그림과 비슷했다. 여자가 누워 있고, 남자들이 둘러서 있다. 그리고 그 위에 그려진 비비탈. 기괴한 탈 형상이 페이지마다 그려져 있었다.

유일하게 다른 점이 있다면 마지막 부분에 이전까지의 그림들과는 달리 장소를 바꾸어 가며 성숙한 어른의 구도와 형태로 그려진 그림이 여러 장 있다는 것.

첫 번째 장소는 쇠창살이 쳐진 병실이었다. 창문 틈으로 달빛이 내려앉은 침상 위에 제아가 잠들어 있다. 발치에는 빛에 감싸인 소년이 서 있다. 소년이 손을 내밀어 제아를 깨우고 둘은 함께 이야기를 나눈다. 다음 장소는 길이었다. 지하철 역전으로 보였다. 남자 둘이 싸우는데 주변 사람들이 그걸 구경하고 있다. 한 남자가 칼을 들고 상대를 위협하고 있었다. 네팔 구르카 용병들이 사용했던 단도처럼 칼이 굽어 있었다. 싸우는 남자 둘의 모습이 어쩐지 낯이 익었다.

리칭칭도 이런 칼을 사용했어. 잡힌 곳도 역 앞이었고.

구경꾼들 사이에 서 있는 한 아이가 눈에 들어왔다. 제아를 깨운 아이와 동일한 아이였다. 옷차림이 같았다. 꼬마는 사람들 사이에서 싸우는 남자들을 바라보다가 입을 크게 벌린다. 악을 쓰는 얼굴이었다.

마지막 장소는 공원이었다. 가족과 함께 나들이를 나온 사람들이 휴식을 즐기고 있었다. 혹시나 하는 마음에 찾아보니 이번에도 소년이 그려져 있었다. 할머니의 손을 잡고 공원길을 걸어가고 있었다. 할머니의 생김새가 아무리 봐도 최명숙처럼 보였다. 소년은 노란 풍선을 손목에 묶고 소프트 아이스크림콘을 들고 있었다.

"장면들이 자세하게 그려져 있어서 놀랐어요. 꼭 무슨 만화나 영화의 콘티 같네요. 시간 순서에 따라서 인물들이 움직이고 사건이 진행되는 게……."

병동을 나와 하형은 우석에게 물었다. 우석은 스케치북을 넘기며 놀란 표정을 지었다.

"제아 씨가 어른의 솜씨로 그림을 그릴 때가 드물지 않게 있어요. 분위기가 어둡긴 해도 멋진 그림이 나오죠. 그래도 이런 식으로 그린 적은 없는데요. 한 번도. 그림을 그리면 소재에 따라 한 장으로 끝났어요. 연속적으로 연결되는 이야기를 그린 적은……."

"혹시 지민이라는 환자가 이 병원에 입원해 있나요? 어린 남자아이요."

이름이 중성적이라 성별을 밝혀 물었다. 우석은 고개를 저었다.

"그럼 선생님께서 제 이름을 알려 주셨어요? 신제아 씨한테?"

"아뇨. 그럴 리가요."

"하지만 제아 씨는 제 이름을 알고 있었어요. 선생님이 아니라면 어떻게 그럴 수 있죠?"

취조하듯 물어오는 하형에게 우석은 압도되어 한걸음 뒤로 물러섰다.

"알려 주지 않았어요. 그리고 전 솔직히 요원님 이름 기억하고 있지 않습니다. 그게 진짜 이름인지 아닌지도 모르는 거니까요."

그가 거짓말을 하고 있는지 아닌지 그의 자세, 눈동자, 표정, 말을 하형은 재빨리 분석했다. 사람이 거짓말을 할 때 보이는 일반적인 양상은 드러나 있지 않았다. 또한 그의 지적은 합당했다. 백하형이란 이름은 당연히 암호명이다.

"근래에 신제아 씨를 찾아온 방문자는 있었나요?"

"없었어요. 반년 동안 아무도 찾아온 적이 없어요."

"직원들 중에는요? 지민이란 이름을 가진 사람이 없을까요? 신제아 씨가 환상을 본 적은 없어요? 상상 속에서 친구를 만들고 대화를 나눈다거나."

하형은 한 걸음 가까이 그에게 다가갔다. 우석은 질렸다는 표정으로 다시 물러섰다.

"상상 친구를 만들고, 환각을 보거나 하는 일은 있을 수 있겠죠. 지금까지 그런 적은 없었지만 요즘 몸 상태를 보면 가능하다고 생각해요. 하지만 그렇다고 당신 이름을 맞출 수는 없는 거 아닌가요? 근데 정말로 신제아 씨가 당신 이름을 알고 있었다고요?"

곁을 지나던 간호사가 대화를 듣고 하형보다 먼저 고개를 끄덕여 주었다. 우석은 충격을 받은 얼굴로 팔짱을 꼈다.

"초……능력일까요?"

그게 소위 의사라는 사람이 할 말이냐고 비웃고 싶다는 마음과 제아가 자신의 암호명만 아니라 최명숙 사건에 관해 알고 있다는 사실에 대한 놀라움이 뒤엉켜 하형의 마음을 혼란스럽게 했다.

병원을 나온 하형은 스케치북에 있는 그림을 핸드폰으로 찍어 NIS의 이종성 박사에게 보냈다. 그림에 담긴 의미가 궁금했다.

서울로 향하는 고속도로를 달리고 있을 때, 입장 휴게소를 지난 지 얼마 지나지 않아 연락이 왔다.

"양가감정의 상징물이라고 해석할 수 있을 것 같아. 그림 속에 그려진 비비탈 말이야. 그녀의 내면에는 두 명의 서진홍이 있어. 친오

빠처럼 자신을 돌봐주는 서진홍과 성폭행에 가담한 서진홍. 분열시켜서 생각하지 않는 한 쉽게 수용하기 힘든 사실이었을 거야."

제아가 할 말이 없다고 잘라 말했던 이유는 솔직히 하형도 짐작하고 있었다. 진홍 때문에 인생을 망쳤지만 경제적인 원조를 받고 있다. 진홍이 잡히도록 돕는다면 돈을 받지 못하게 된다. 이종성 박사도 그 점을 지적했다.

"하지만 그녀의 깊은 내면에는 여전히 그를 단죄하고 싶은 마음이 있지. 그래서 그림을 그려 자네에게 힌트를 준 거야."

"그럼 그림 속의 아이는요?"

"면담기록을 검토하기 전이라 뭐라 말할 수는 없지만. 아이 할머니로 그려진 사람 말이야."

"왜요? 뭐 문제 있어요?"

하형은 일부러 모르는 척 했다. 이 박사의 판단에 영향을 주지 않기 위해서였다.

"옷이……. RV 최명숙이 입고 있던 옷과 똑같지 않아? 색깔과 무늬 전체적인 실루엣까지. 우연이야?"

등줄기가 오싹했다. 하형은 전화를 끊고 조수석 의자에 올려놓은 스케치북을 넘겨보았다.

역시. 그림 속 할머니는 최명숙으로 봐도 무방했다. 그렇다면 지민이라는 이름의 소년은. 최명숙과 손을 잡고 공원을 걷고 있는 수수께끼의 소년은 누구인가.

설마…….

한 가지 추측이 머리를 스치고 지나갔다. 추측이었지만 정답이라는 확신이 들었다.

죽은 자들을 부활시킨 이가 정녕 그 사람이라면 그 아이를 되살리지 않았을 리 없다. RV들은 신출귀몰하다. 그 아이가 RV와 동일한 방식으로 환세했다면 아무나 접근할 수 없는 정신병원에도 들어오는 일도 어렵지 않았을 것이다.

제아가 만난 것은 그 아이다.

동시에 그동안 감지하지 못했던 모순이 선연하게 눈앞에 모습을 드러냈다.

왜 최명숙은 우리와 같이 있었던 걸까. 어째서?

얼마 전까지만 해도 RV가 NIS에 억류되어 있었다. 필요에 따라 소멸할 수도 나타날 수도 있는 신비로운 존재들이. 최명숙이 NIS에 있었던 건 박종호 박사가 그걸 원했다는 뜻이 된다.

한꺼번에 여러 가지 생각에 떠올라 머리가 복잡했다.

라디오에서는 시보가 끝나고 뉴스가 흘러나왔다. 실종된 여고생에 관한 뉴스였다. 가출한 친구를 만나러 서울로 올라온 여학생의 행방이 벌써 60일째 묘연했다. 여고생의 것으로 추정되는 잘려진 손가락 세 개가 여관에서 발견되어 손가락 실종사건이라고 불리고 있었다.

"우리 지은이는 청바지에 연보라색 면 티를 입고 나갔어요. 나뭇잎 장식이 달린 머리띠를 했고요. 보신 분이 있다면 제발……."

부모의 간절한 목소리가 흘러나왔다. 그러나 애석하게도 목소리의 애절함만큼이나 결말이 확실히 보였다.

죽었겠지.

잘려진 손가락에서는 활력 반응이 나왔다고 했다. 살아 있는 상태에서 손가락을 잘랐다는 뜻이었다. 누군가는 그것을 근거로 소녀의 생존을 점치지만 과연 그럴까. 살아 있는 상태에서 소녀의 손가락을 자른 잔혹한 범인이 목숨인들 살려 두었을까.

지금까지 인생을 살면서 하형에게 모호한 문제는 별로 없었다. 학창 시절에도 취업을 할 때도 사건을 해결할 때조차 모든 게 명료해서 그녀가 계획한 대로 흘러가곤 했다.

그러나 이 기묘한 사건은 머리도 꼬리도 짐작할 수 없다. 어떻게 해야 해결할 수 있을지 감도 잡히지 않는다.

하늘에서는 눈이 내리고 있었다. 차가운 얼음송이들이 운전석 유리에 닿아 힘없이 녹아 내렸다. 와이퍼를 켜 눈물을 밀어냈다.

* * *

"목사님. 목사님."

폭설이 내리는 밤이었다. 누군가 거칠게 창문을 두드렸다. 파자마 차림이던 강예종 목사는 옷걸이에 걸려 있던 낡은 가운을 걸치고 문으로 다가갔다.

간혹 그가 돌보는 거리의 아이들이 밤에 무작정 찾아오곤 했다. 약물에 중독이 되었거나, 싸우다 칼에 맞았거나, 성폭행을 당했다거나, 자해를 했다거나 아이들은 다양한 이유로 만신창이가 되어 그의 집 문을 두드렸다.

주님, 제가 어떤 상황에도 놀라지 않고, 이성적으로 대처하며 지친 아이들을 위로하게 해 주소서.

강 목사는 심호흡을 하고 문을 열었다. 바깥에 서 있는 것은 거리의 아이들이 아니었다. 눈을 가린 최명숙 권사와 그의 아들 진홍이었다. 오랜 시간 지체했는지 진홍의 머리에는 눈이 쌓여 있었다.

의외의 방문이라 목소리가 떨려 나왔다.

"어…… 어서 들어와라."

진홍은 어머니와 함께 안으로 들어왔다. 강 목사는 서둘러 보일러를 틀었다. 혼자만 지낼 때에는 냉방에서 두꺼운 옷을 입고 버텼지만 손님이 방문했을 때는 아낌 없이 온도를 높이곤 했다.

진홍은 곰팡내가 풀풀 풍기는 패브릭 소파에 앉아 아무런 말이 없었다. 강목사는 두 사람을 위해 유자차를 끓여 내놓았다.

"어머니 눈은 어쩌다? 다치시기라도 했나?"

"여전히 저를 해치려고 하셔서요. 눈을 가리면 진정되셔서."

"아직도?"

강 목사가 걱정스레 물었다. 갑작스런 두 사람의 방문을 받고 문제가 해결된 모양이라고 지레짐작했었다.

진홍은 테이블 위에 5만 원 뭉치다발을 턱 하니 올려놓았다. 며칠 이곳에 신세를 지고 싶다는 부탁이 따라왔다. 강 목사는 당황했다. 돈이 아니라 진홍의 행동이 놀라웠다.

사람의 감정은 굳이 말을 하지 않아도 전해진다. 진홍은 강 목사를 싫어했다. 그가 누명을 쓰기 전에도 진홍은 거의 교회에 나오지 않았다. 어머니에 억지로 끌려 나온 날이면 맨 뒷자리에서 고개만 푹 숙이고 시간만 죽이다가 주기도문과 동시에 증발하곤 했다.

그러던 그가 느닷없이 나타나 자신에게 도움을 청하고 있었다. 돈의 액수는 그가 곤경에 빠져 있다는 걸 알게 해 주었다.

이 아이가 왜 나에게 왔을까.

"제가 목사님 댁에 숨어 있을 거라고는 누구도 생각하지 못할 테니까요. 더구나 목사님은 저희 어머니가 부활했다는 걸 알고 계시는 몇 안 되는 분이기도 하고 엄마도 좋아하시니까."

진홍이 해명했다. 아무래도 얼굴에 생각이 드러난 모양이다. 동시에 강 목사는 진홍의 말에 숨겨진 가시가 있음을 눈치 챘다. 단순한 목사님 댁이 아니었다. '혐오해 마지않는' 목사님 댁이라고 해야 의미가 통한다. 익숙한 가시였다. 그 일이 터진 후 강 목사는 사람들을 만날 때마다 자신의 앞에 바리게이트처럼 둘러쳐진 가시덤불에 온 몸을 뜯기곤 했다.

재판을 통해 무죄 판결을 받아냈지만 한번 떠난 성도들은 끝까지 돌아오지 않았다. 지금도 가끔 길에서 전도를 하고 있을 때면 자신을 향해 손가락질 하는 사람들이 많았다.

'저 사람이야. 저 사람. 성추행 목사. 불륜 목사.'

강 목사는 테이블 위의 돈을 밀어냈다.

"이런 건 필요 없다. 언제까지든 머물러 있고 싶은 만큼 머물러 있으렴. 경찰에 신고하지 않는다."

"목사님. 저는 어머니를 죽이지 않았어요."

진홍의 눈에 분노가 번뜩였다. 그의 말을 오해한 모양이었다.

"정말이에요. 전 정말로 어머니를 죽이지 않았어요. 범인은 중국인이었어요. 그런데 그 중국인이 죽고 난 후에도 어머니는 제게 달려들었어요. 그 사람들은 제가 범죄를 사주했다는 식으로……."

처음 누명을 썼을 때 강 목사와 똑같은 반응을 진홍이 보여 주고 있었다.

만나는 모든 사람에게 억울함을 토로했고, 자신을 모함한 여자 신도의 악행과 약함을 구구절절 늘어놓았다. 그녀가 이단 사이비 내지는 정신병자일 거라고. 그러나 소용없었다. 해명하려고 할수록 소문은 눈덩이처럼 불어 그를 압사시켰다.

원래 그 여신도는 의부증인 남편에게 매일 밤 학대를 당하던 사람이었다. 계속되던 폭행을 견디다 못해 거짓 고백을 했고, 그걸 믿은 남편이 강 목사를 고소해 버렸던 것이다. 강 목사의 변호사가 찾아가 진상을 따지고 들자 여자는 신경쇠약 증상을 보이다가 자살을 했다. 여자의 남편은 '너 때문에 아내가 죽었다'며 더욱 눈이 뒤집혀 강 목사를 괴롭혔다.

증거도, 목격자도 없는 뜬구름 같은 사건이었다. 소문과 소문이 뼈와 살을 만들고 그 위에 더해진 여자의 자살은 성추행을 기정사실로 만들었다.

안 그래도 부패한 목사들의 추한 행각이 수시로 신문지상에 오르

내리던 즈음이었다.

신문기사 한 꼭지로 인해 교회는 박살이 났다. 법정에서 증거불충분으로 무죄를 선고받았어도 죽은 아내의 말을 믿어 의심치 않는 남편은 곧바로 항소했다. 고등법원에서도 똑같은 판결을 받았지만 포기하려 들지 않았다.

그는 강 목사가 대형 교회 목사라 연줄이 많아 재판에서 이긴 거라고 생각했다. 다른 사람들도 그의 말을 믿어 주었다. 사람들은 사건의 진상을 전혀 모르면서 '죄인이 분명한데 힘이 있어서 처벌을 면하는구나.'라고 여기며 분통을 터트렸다.

죽은 여자의 남편은 수시로 교회에 찾아와 강 목사를 죽여 버리겠다고 난리를 쳤다. 주일 예배를 드릴 때면 주차장 앞에서 '사탄의 종', '강예종 목사를 고발한다', '내 아내를 살려내라'라고 적힌 팻말을 메고 서서 고함을 질렀다. 모두가 강 목사를 욕했다. 견디다 못한 예종의 아내는 이혼을 요구했다. 자식들을 지키기 위해서, 아이들이 상처를 받으니까. 그토록 사랑하고 아꼈던 아내는 전 재산을 정리해 그를 떠나갔다.

순식간에 외톨이가 되었다. 누구도 그의 결백을 믿지 않았다. 다들 그를 벼락 맞아 죽어 마땅한 죄인으로 취급했다. 죽을 때까지 벗겨지지 않는 누명을 등에 지고 홀로 살아가야 할 처지였다.

"전 정말로 무고해요. 어머니를 죽이지 않았다고요."

진홍의 눈동자는 이글이글 불타고 있었다.

"그래, 안다. 너는 죄가 없어. 그래. 그러니까 돈을 받지 않겠다는 거야."

강 목사는 그를 달랬다. 진홍이 살인범이든 아니든, 그와는 아무런 상관이 없었다. 진홍은 어머니의 안전을 위해 목숨을 걸고 발버둥을 치고 있었고, 수많은 사람들 가운데서 자신을 찾아왔다. 이 자존심 센 아이가 얼마나 절박했으면.

진홍은 강 목사의 얼굴을 한참 동안 쳐다보았다. 고급 양복을 걸치고 비싼 차를 타고 수많은 성도 앞에서 위세 등등 설교하던 사람이 한없이 늙고 초라한 모습으로 눈앞에 앉아 있었다.

처음 그가 여자 신도를 추행했다는 말을 들었을 때 믿을 수 없었다. 강 목사는 교회 안에서나 강단 위에서나 언제나 빈틈없는 모습을 보였다. 너무도 거룩한 신의 종처럼 보여서 함부로 말을 걸기가 힘이 들었다. 대학에 진학한 뒤에 교회에 나가지 않았던 이유도 거기에 있었다. 권위적인 모습이 싫었다. 성도들이 내는 헌금으로 사는 주제에 목에 힘을 주고, 왕처럼 군림하며 이래라 저래라 물정 모르고 왈가왈부하는 모습이 역겨웠다.

지금은 본 교회에서 쫓겨나 상가 건물 2층에서 사역을 하고 있다고 들었다. 그의 곁에 유일하게 남은 이선호 장로가 봉헌한 성전이었다. 강 목사는 그곳에서 자신을 버리지 않은 몇몇 성도들과 함께 가출 청소년과 성매매 여성을 위한 목회를 새로 시작했다.

강 목사의 얼굴에 드러난 고난의 흔적을 보니 악감정이 조금 누그러들었다.

가슴 속에 맺혀 있던 질문 하나가 튀어나왔다.

"어머니를 되돌려 보낸 분이…… 주님이실까요?"

어머니와 재회한 직후부터 알고 싶었다. 수많은 사람들 중에서 하필 강 목사의 집을 찾아 온 이유이기도 했다. 타락하기는 했지만 그래도 한때 신의 종이라 불렸던 사람이다. 진홍은 그동안 있었던 일을 모두 털어 놓았다. 진범을 잡은 이야기부터 어머니가 자신의 눈 앞에서 범인을 살해하던 일까지. 강 목사에게도 너무나 충격적인 이야기였다. 진홍은 물었다.

"왜 어머니를 이런 모습으로 돌려보내셨나요?"

진홍은 강 목사를 매개로 신과 싸우고 싶었다.

"어머니는 왜 저를 해치려고 하는 걸까요? 주님은 저를 증오하시나요?"

예종은 천천히 충격을 삭이려 노력하면서 입을 열었다.

"세상 만물이 그분 뜻대로 움직이지. 그분 뜻에 순종하지 않는 것은 하나도 없어. 인간이 한 일도 사실은 그분의 섭리가 없다면 불가능하지. 그래, 최 권사님을 돌려보내신 분은 주님이시다.

어머니가 RV의 모습으로 돌아온 이유? 너를 위해서가 아닐까. 그 분께서 널 너무 사랑하셔서 무언가 깨달음을 주고 싶으셨나 보지. 그 일은 감사해야 해.

어머니가 너를 왜 해치려 하냐? 네 이야기를 듣고 보니 나는 오히려 네가 지금까지 살아 있는 게 신기하구나. 그 중국인은 어머니와 딱 한 번 맞닥뜨리고 죽었다면서? 요원들이 주위에 잔뜩 있었는데도 말이야. 너는 지금까지 목숨을 보전하고 있어. 널 위기에 몰아넣은 것도 주님이시지만 지금까지 살려주신 분도 주님이다. 너에게는 아직 주님의 뜻이, 주님께서 맡겨주신 일이 있는 거야. 아직 그 길이 보이지 않아 답답하겠지만."

두 사람이 이야기를 나누는 동안 최명숙은 조용히 소파 쿠션에 머리를 기대고 잠이 들어 버렸다. 빤한 대답을 들은 진홍의 얼굴이 서서히 일그러졌다. 화를 참을 수가 없었다.

"절 너무 사랑하셔서 깨달음을 주고 싶으셨다고요? 저를 바보로 아시는 거예요? 하나님은 7년 전 어머니가 그렇게 죽게 내버려 두셨어요. 아시잖아요. 저희 어머니가 얼마나 신실하게 주님을 섬겼는지. 예수님을 사랑했는지요.

어머니를 되살려 주셨으니 감사하라고요? 처음에는 그랬는데 이제는 모르겠어요. 이 RV가 정말 어머니인지, 아닌지. 어머니가 그 사람을 죽이던 모습이 잊히지 않아요. 똑같은 눈빛으로 저를 죽이려고 달려드는 모습도 무서워 미치겠어요. 제 추억 속의 따스한 어머니는 사라져 버렸다고요.

우리 둘밖에 없으니까 솔직하게 말씀해 보세요. 예전의 영광을 회복하고 싶으셔서 지금껏 경건하게 노력하시는 거 알아요. 그런데 정말 솔직히 목사님도 진짜는 신이 없다고 생각하시죠? 있다면 어떻게 목사님한테 그럴 수가 있어요? 입에도 담지 못할 그런 더러운 죄를 저지른 죄인으로 오해받는 걸 놔두고 볼 수 있어요? 더구나 그 여자는 강 목사님 수준에는 맞지도 않는, 급 떨어지는 여자였잖아요.

저는 신이 없다고 생각해요. 있다면 저한테, 우리 엄마한테 이럴 수는 없어요."

강 목사는 자신에게 쏟아지는 모욕적인 말들을 가만 듣고 있었다. 듣는 내내 화가 치밀어 오르기보다 후련했다.

어려서부터 제 할 일만 철저히 하던 모범생 진홍이와, 속을 절대로 비치지 않던 그 진홍이와 이런 이야기를 나눌 수 있으리라고는 한 번도 기대해 본 적 없었다.

그러나 교리에 관한 문제로 떠들고 싶지는 않았다. 감정이 고조된 상대를 설득하는 건 불가능했다. 대부분 이런 상황에서는 자기가 믿고 싶은 사실, 혹은 자기 나름의 대답을 이미 가지고 있어서 앞으로 가든, 뒤로 가든, 옆으로 가든 공격당하기만 할 뿐.

"그래, 넌 항상 열심히 착하게 살았지."

"말 돌리지 말고 대답해 주세요. 목사님은 정말 신이 존재한다고 생각하세요?"

"그래."

"신이 부당하다고 생각하고 계시겠네요."

"아니야. 나는 주님이 여전히 정의롭다고 생각하고 있다."

진홍의 원망은 예종을 괴롭히던 질문과 본질적으로 같았다. 모함을 당하고 교회에서 쫓겨날 동안 하루도 눈물로 빌지 않은 적이 없었다. 도대체 이유가 무엇이냐고. 차라리 다른 부패한 목자들처럼 죄를 짓고 쫓겨난 것이라면 억울하지나 않았을 것이다. 그러나 의롭게 살기 위해 몸부림치다가 이런 일을 겪게 되니 원망스러워 견딜 수가 없었다. 혹시라도 신의 진노를 산 게 없나 회개하고 또 회개했다. 그러나 아무리 생각해도 이런 모함을 받을 죄는 지었던 적이 없었다.

교만? 교만의 죄를 지었던 것일까.

성도들을 나의 것이라고 생각하며 그들을 이용하려 들었던가.

죄가 있다면 자신이 아니라, 아내를 의심하고 때리고 학대했던 어리석은 남편에게 있었다. 그런데도 그는 아내를 죽음으로 몰아넣은 자신의 과오는 깨닫지 못하고 애꿎은 강 목사를 향해 이를 갈며 죄를 물었다.

어째서 주님은 그 남자를 심판하지 않는 걸까. 왜 침묵을 지키며 부조리한 상황을 지켜보고만 계실까.

배교하고 싶었다.

목회자로 헌신했던 세월이 뼛속까지 후회되었다.

누구도 용서할 수 없었다.

자신을 떠난 아내도, 아이들도, 성도들도, 자살해 버린 그 여자도, 그녀의 미친 남편도, 무엇보다 하늘에서 이 모든 것을 지켜보며 방관했을 주님도.

처음에는 신을 욕보일 생각이었다. 신의 사자로 사역했던 이 근방을 떠나지 않고 타락한 인생들을 만나면서 스스로 타락한 영혼이 되어 마구 굴러다닐 생각이었다. 퇴폐적으로 변한 신의 사자를 보고 사람들이 손가락질 하게 만들고 싶었다. 신을 욕되게 하고 싶었다. 나를 이렇게까지 몰아넣은 것이 당신이라고 하늘을 향해 원망할 생각이었다.

그러나 거리를 나왔을 때 깨달았다. 억울한 인간이 넘치도록 많았다. 아버지의 폭행을 견디다 못해 뛰쳐나온 아이들. 가난한 가족을 구하려다가 깊은 수렁에 빠져들게 된 매춘부들. 아무도 자신들을 알아주지 않는 외로움에 서로 몸을 뒤섞다가 병에 걸려 인생을 망친 어린 영혼들. 한 번도 따뜻함이라고는 받아 본 적이 없는 사람들.

그들은 스스로의 인생을 판결내리는 '유죄', '무죄'를 따질 사건도 없이 오로지 고통 속에 방치된 영혼들이었다. 그들은 그가 성추행 목사라는 사실을 알고서도 단죄하지 않았다. 담배를 꼬나물고 킬킬거리며 물었다.

"그래서 좋았어요?"

거리의 인생들에게는 강 목사의 결백도 죄과도 하나도 중요하지 않았다. 오로지 자기 이야기를 들어줄 사람이 필요할 뿐이었다.

아이들은, 노인들은, 지친 거리의 여자들은 밤에도 느닷없이 들이닥쳐 하소연을 했다. 울고불고 짜다가 또 소리 없이 돌아갔다. 이 바닥을 벗어날 가능성이라고는 쥐뿔도 없는 인생들. 도무지 희망이 보이지 않는 사람들. 평생 주의 말씀을 외치던 강 목사는 이제 입을 다물고 듣기만 할 뿐이었다. 나중에야 깨달았다. 대형 교회 목회시절 했었던 그 어떤 명설교보다 혼신의 힘을 다한 경청이 생명력을 지닌다는 사실을.

"주님을 버리고 싶었는데, 현실적으로 버릴 수가 없었다."

"무슨 소리죠?"

"여기 있다 보면 별별 일이 다 터져. 열두 살밖에 안 된 애가 본드를 마시고 의식불명이 되지 않나, 10대 애들끼리 외롭다고 여관방에서 자살 시도를 하지 않나. 서로 시비가 붙어서 칼로 찔렀는데 피해자도 가해자도 모두 놀라서 살려 달라고 뛰어오지를 않나. 기도를 안 할래야 안 할 수가 없는 상황이 자꾸 벌어져서……."

진홍의 얼굴이 일그러졌다. 그가 듣고 싶어 하던 대답이 아니었던 것이다. 하지만 예종은 계속해서 말했다.

"나는 신께서 정의롭다고 생각한다. 하지만 그분은 통치하시는 왕이시지. 그가 만든 피조물들을 계획에 맞게 사용할 권한을 가지고 계셔. 그분이 우리의 억울함을 갚아 주실 때가 되면 모두 갚아 주시겠지만, 그때가 될 때까지 모두 그분의 계획 가운데서 움직이게 되지. 나는 그렇게 믿는다.

새롭게 목회를 하고 나서 깨달았어. 주님은 그저…… 나를 지금 여기에 있게 하고 싶으셨다고 생각해. 그분은 나를 다르게 사용하고 싶으셨어. 그래서 그 일을 허락하셨던 거야.

벼랑 끝에 선 사람들을 만날 때마다 날 여기까지 끌고 온 신비로운 인도를 느끼곤 해. 정말 그분은 누구도 버리지 않으시는구나. 예전에는 그분의 사랑이 이토록 깊은 줄은 몰랐다. 그걸 알고 나니 마음이 거짓말처럼 가벼워졌다. 남을 용서할 수 있는 여유까지 생겼어. 나를 모함했던 여자뿐만 아니라 그 남편도, 그리고 날 버린 모든 사람도."

"끝까지 성직자로 거룩하게 사시는군요. 용서까지 하시면서요."

진홍이 싸늘하게 말했다.

"저는 달라요. 저는 목사님처럼 성직자가 아니에요. 저는, 어머니를 죽인 범인을 용서 못 해요. 신도 마찬가지에요. 우리 어머니를 죽게 방치했으니 나 대신 진짜 RV의 손에 죽어야 해요."

"네 고통을 십분 이해한다. 아니, 짐작할 수 있어. 네가 얼마나 괴로웠을지."

이제 진홍은 미친 사람처럼 웃기 시작했다. 마음이 뜯겨져 나가는 것 같아 견딜 수가 없었다. 어쩌다 이런 신세가 되었는지 생각할수록 기가 막히고 분노가 치밀어 올랐다. 누군가 원망하고 싶은데, 원망할 대상이 마땅치 않았다. 리칭칭이 죽어 버린 지금 그의 영혼은 표류하고 있었다.

예종은 묵묵히 말을 이었다.

"네가 누명을 쓴 것과 어머니가 너를 죽이려고 하는 것. 두 가지 모두 주님의 섭리 가운데 일어난 일이라는 생각이 드는구나. 그리고 난 이런 생각도 든다. 중국인은 죽었고 네 어머니는 돌아오셨다. 그런데 너는 하나도 행복해 보이지 않아. 더없이 고통스러워 보일 뿐이야. 어쩌면 네 내면의 복수심과 살기가 어머니를 붙잡고 있는 건 아닐까……."

진홍은 이를 악물었다. 맞는 말이었다. 지금 자신은 그 어느 때보다 괴로웠다. 길을 잃은 미아가 된 것처럼 모든 것이 낯설기만 했다. 인간이 인간으로 살아가기 위해서 가장 필요한 것은 무지(無知)와 무구(無垢)일지도 모른다. 태초의 낙원에서 인간이 타락시킨 것이 선악을 알게 하는 나무의 과실이었듯 무구함이야말로 신의 선물인지 모른다. 몰라야 할 것을 몰라야 인간이다. 죄성과 악마성 그리고 수성(獸性)과 대면해 버리면 영혼은 순식간에 변질되고 만다. 진홍의 영혼은 상한 상태였다.

강 목사는 괜한 소리를 한 게 아닌지 혼자 후회했다. 성직자라도 주의 뜻을 완전히 알 수 없다. 그러나 그는 마지막으로 꼭 해 주고 싶은 말이 있었다.

"진홍아, 용서는 남을 위한 게 아니라 자기 자신을 위한 거란다. 나는 네가 예전의 너로 돌아왔으면 해. 그 사건이 일어나기 전, 미움 한 터럭도 마음에 담아두지 않았던 그 시절의 너로 말이야. 범인이 죽었다면 이제 그만 원한을 놓아 버려라. 어머니도, 다른 누구도 아닌 너 스스로를 위해서……. 용서는 스스로를 구하는 유일한 길이란다."

미움 한 터럭도 마음에 담아두지 말라고? 그게 가능해?

진홍은 오래도록 말이 없었다. 그는 굳게 입을 다문 채로 창밖을 바라보았다.

유리창 너머로 어둠에 젖은 검은 눈이 내리는 게 보였다.

그 검은 배경 속에서 한 여자의 얼굴이 떠올랐다. NIS에서 만났던 여자 요원이 카랑카랑한 목소리도 기억났다.

'당신이 결백하다고요? 신제아 씨는 어떻게 생각할까요?'

눈이 쌓일수록 방 안에도 고해를 재촉하는 침묵이 내려앉았다. 눈앞에 있는 성직자는 죄인의 모양을 하고 있었다.

불현듯 지금까지 아무에게도 털어놓지 못했던 죄를 고백하고 싶어졌다. 옆에서는 어머니가 어린 아이처럼 편안하게 잠들어 있었다. 지금 말하지 않으면 이후로도 평생 동안 누구에게도 그 일을 말할 수 없을 거라는 예감이 강하게 들었다. 손을 몇 번이나 쥐락펴락 하다 보니 식은땀이 흥건하게 배어 나왔다.

"목사님……."

머리를 숙이고 있던 예종이 다시 고개를 들었다.

* * *

"여자들은 저런 타입 좋아하지?"

근처 제과점에서 사온 프레첼을 씹어 먹으며 경채가 말했다.

"돈 많겠다. 얼굴 잘생겼겠다. 야성적인 매력도 있겠다. 응?"

포피시드가 잔뜩 달라붙은 입술로 조잘조잘 떠들어대는 그를 바라보며 하형은 눈살을 찌푸렸다. 질문의 의도가 뭘까? 돈 없겠다, 얼굴 평범하겠다, 남다른 정신세계를 가졌겠다, 그런 불쌍한 자신을 위로해 달라는 것일까? 아니면 스스로가 못났다는 걸 확인받고 싶은 걸까.

하형이 무슨 생각을 하는지 알 리 없는 경채는 계속해서 쫑알거렸다.

"넌 모르겠지만, 저렇게 사는 거 남자의 로망이다. 로망."

그들의 바로 앞에서는 고급 외제차가 흑마처럼 우아하게 달리고 있었다.

하형과 경채는 진홍의 도주를 도운 것이 확실시되는 (주)앤틱 코리아의 대표 이민욱을 미행하고 있었다. 얼마 전까지만 해도 공동 대표였던 그는 진홍이 가진 모든 지분을 인수한 후 최대 주주가 되었다. 대기업 방계로 태어났지만 집안에서 축출되다시피 했던 남자가 이제는 연매출액 600억 원을 넘나드는 기업의 오너가 된 것이다.

딱 하루 그를 미행했을 뿐인데도 경채는 민욱이 누리는 라이프스타일에 완전히 매료되어 버렸다.

그는 돈을 벌 줄도 쓸 줄도 아는 남자였다. 값비싼 양복을 입고, 수천만 원을 호가하는 시계를 차고, 좋은 차를 몰았다. 일을 하면서도 여유가 있었다. 중요한 일은 자신이 결정했지만 시간이 되면 칼같이 퇴근해 도시를 누볐다. 텐프로 여성이 접대하는 룸살롱을 자유롭게 출입하는 그의 모습을 경채는 한없이 부러운 눈으로 바라보았다.

하형은 혀를 찼다.

"저는 인간의 값어치가 '무엇을 가졌느냐'보다, '무엇을 욕망하느냐'에 따라 결정된다고 생각해요."

"그래? 그럼 남자들은 모두 쓰레기겠군."

업소를 출입하는 여성들의 미모를 보고 경채는 침을 질질 흘렸다.

저 여자는 연예인 누구를 닮았네, 저 미녀는 누구랑 판박이네, 조잘대더니 옆에 앉은 하형을 향해 위로랍시고 한마디를 던졌다.

"어, 미안해. 내가 눈치가 좀 없었지. 괜찮아. 그래도 넌 순결하잖

아. 저런 여자들하고는 정신적인 값어치가 달라. 근데 말이다. 다른 면에서 생각해 보면 너의 육체적인 가치가 딸리는 것도 사실이란 말야. 그렇다면 플러스 마이너스 쌤쌤이네?"

스커트 밑에 숨겨둔 권총의 무게가 그 어느 때보다 확실히 느껴지는 밤이었다.

한마디만 더 지껄이면 직장 내 성희롱으로 고발하겠어.

하형의 불쾌한 표정을 읽었는지 경채는 얼른 화제를 돌렸다.

"참, 그 강간 사건 용의자들 만나 본다고 했던 건 어떻게 됐어? 순순히 불디?"

며칠 전 지방까지 내려가 피해자인 신제아를 만났었다고 이야기했던 터라 더욱 기대가 되는 모양이었다. 비닐봉투에 남아 있던 마지막 크림빵을 거칠게 집어 우적우적 씹었다.

"왜 그래? 무슨 일인데?"

"서로 진술이 엇갈려요. 세 사람은 서진홍이 범죄에 앞장섰다고 말하는데 다른 두 사람은 서진홍이 벽에 기대앉은 채로 보고만 있었다고 말했어요."

"보고만 있었다……? 그럼 나머지 한 사람은?"

"이건 정말 말도 안 되는 이야기인데……."

하형은 비소했다. 다시 생각해도 어이가 없는 말이었다.

"뭐라고 했는데……?"

"서진홍 씨가 둘이었다고……."

라디오에서는 다가오는 크리스마스를 어떻게 보낼 것인가 하는 주제로 수다가 한창이었다. 듣기 좋은 중저음을 가진 DJ가 전화 연결된 애청자의 사연에 적당히 맞장구를 쳐주며 값싼 위로를 남발하고 있다.

"똑같은 사람이 둘 있어서, 한 명은 벽 쪽에 있었고, 또 한 명의 서진홍은 함께 범행에 가담했다고 했어요."

"그놈들 약 먹은 거 아냐?"

"그랬다면 서로 다른 환각을 봤어야죠. 범행 진술은 일치하는데 서진홍에 관한 기억들만 어긋난다는 건 이상하잖아요. 저도 혹시나 싶어서 물어봤는데 다들 마약 같은 건 한 번도 해 본 적이 없다고 했어요."

"거짓말일 수도 있잖아."

"강간했다는 사실을 고백한 마당에 숨길 이유가 있을까요? 어차피 시효도 한참 지난 일인데. 그리고 여섯 사람 머리카락을 받아다가 검사도 받아 봤어요. 결과는 모두 음성. 동아리 중 누군가가 마약을 제공했던 거라면 적어도 한 사람은 양성으로 나올 법도 한데 말이죠."

하형의 주의를 끄는 일은 또 있었다. 성범죄만큼 재범률이 높은 범죄가 없다. 그러나 신제아 강간 사건과 연관된 일곱 명은 이후 어떤 성범죄도 일으키지 않았다. 딱 한 명 회사에서 성희롱으로 문책을 당한 사람이 있지만 언어적인 성폭력이었고 문제가 된 언사 역시 사람에 따라서는 성희롱이라고 판단하지 않을 정도로 경미한 사안이었다. 방금 전 순결 운운한 경채 쪽이 더 더럽다.

"그래서?"

"네?"

"그래서 네가 내린 결론은 뭐야? 너는 어지간한 사건 따위는 개요만 듣고 금방 파악하는 슈퍼 특급 요원이잖냐. 기분 나쁘게 듣지 마. 평판이 좋다는 거니까. 무슨 예상 답안 같은 거 없어?"

하형은 멍한 표정으로 파트너를 쳐다보았다.

경채는 움찔했다. 그녀의 얼굴에 낙심한 빛이 스쳐갔다. 언제나 자신만만하고 은근히 사람을 깔보던 파트너가 그런 표정을 짓자 민망할 정도로 안쓰러웠다.

경채는 재빨리 점심 때 알게 된 사실을 털어 놓으며 화제를 돌렸다. 단말기 부품 내부에 담긴 메모리를 해독했다는 소식이었다. 기술팀 엔지니어 요원 김기창이 CIA의 복잡한 보안체계를 뚫는 프로그램을 완성한 덕분이었다.

"그래서요? 뭐라고 나왔어요?"

하형이 대번에 희색을 띄었다. CIA가 가지고 있는 정보에 접근할 수 있다면 RVP에 관한 핵심 정보를 알 수 있게 될 거라 기대하는 눈치였다. 제과점 로고가 찍힌 비닐봉지를 접으며 경채가 멋쩍게 웃었다.

"그게 말이야."

메모리 안에는 박종호 박사의 아들 지민이에 대한 기록들이 있었다. 지민이가 태어나기 전 초음파 사진부터 유괴되기 하루 전에 찍었던 사진까지. 백일사진, 돌 사진, 첫 걸음을 걷는 동영상과 유치원

재롱잔치 때 금박 왕관을 쓰고 연기를 하는 모습, 소풍 가서 단체로 찍은 사진, 동물원에서 사자를 보고 울음을 터트리는 얼굴 등등. 한 아이의 평생이 담긴 기록이 그 안에 들어 있었다. 그러나 그뿐이었다. 박종호 박사에 대한 정보는 찾아볼 수 없었다.

"와이핑으로 삭제된 거겠죠. 디코딩 과정에서 파괴되었거나. 애초에 CIA가 보안에 그렇게 허술할 리가……."

"아니야. 그런 게 아니라고. 지민이 자료 외에는 아무 것도 없었다니까. 단말기 안에 응당 들어 있어야 할 요원 신상이나 일정 관리 프로그램도 없었어. 애초에 지민이의 사진들, 동영상 파일들뿐이었어."

"그럴 리가 있어요? 일반 가정에서 쓰는 카메라가 아녜요. CIA에서 쓰던 기억장치잖아요?"

"딱 하나 텍스트 파일이 있었어. 이렇게 적혀 있더라."

나의 사랑하는 아들, 박지민을 추모하며 SSS를 완성하다.

마치 화가가 자신의 작품 한 편에 휘갈겨 놓은 서명처럼 단출한 문장이었다.

경채의 이야기를 들은 하형은 낙심했다. 경채가 입수한 부품은 메인 메모리가 아니었던 모양이다. 비교적 손쉽게 보안체계가 뚫린 것부터가 의심스럽고 내용도 어처구니가 없다. 단말기를 소지하고 있던 CIA 요원이 박종호 박사 개인 소장용 파일을 찾아내 별개의 메모리에 저장해 두었던 것은 아닐까. 경채는 그걸 획득했던 거다. 실망스럽게도.

시간은 느릿느릿 흘러갔다. 잠복한 지 두 시간쯤 지나고 나서야 목표물이 일행들과 함께 룸살롱에서 나오는 걸 볼 수 있었다. 비척걸음을 걷는 주위 사람들과 다르게 민욱은 취한 기색이 거의 보이지 않았다. 민욱의 차는 최신형 벤틀리 오픈카였다. 대리 운전기사는 부르지 않았다. 민욱은 차를 주차장에 그대로 세워두고 일행과 헤어졌다.

"눈치 챈 걸까요? 차에 도청장치랑 GPS 붙어 있는 거."

하형이 짜증을 냈다. 경채도 눈빛이 변했다. 경채는 조용히 차에서 나와 민욱의 뒤를 미행하기 시작했다.

민욱은 큰길로 나가 택시를 잡았다. 경채도 택시를 잡아 그 뒤를 따랐다. 하형은 경채의 위치를 휴대용 GPS를 통해 감지할 수 있었다. 하형의 차가 경채의 뒤를 이어 민욱을 따라갔다.

민욱이 내린 곳은 서울 교외의 변두리 임야였다. 별이 총총히 빛나는 하늘 아래 주위에는 추수를 끝낸 논이 벗은 몸을 드러내고 있었다. 민욱은 차에서 내려 차비를 계산하고는 산으로 올라갔다.

멀찌감치 차를 세운 하형이 먼저 내린 경채와 합류했다. 두 사람은 조심스럽게 민욱의 뒤를 따라 걷기 시작했다. 겨울산은 더없이 고요했고, 작은 부석거림조차 크게 들렸다. 적당한 거리를 유지하고 방향만을 감지하며 천천히 뒤를 밟았다. 마른 풀 냄새가 코를 자극했다.

그가 들어선 곳은 산 중턱에 있는 2층 집이었다. 나무에 감싸여 바깥에서는 보이지 않는 그런 집이었다. 은신처로 더할 나위 없는 곳이었다.

두 사람은 품속에서 총을 꺼내 들었다. 집 주변을 돌며 찬찬히 분위기를 살폈다. 집 옆에는 SUV 한 대가 주차되어 있었다. 번호 조회를 해 보니 대포차라는 회신을 받을 수 있었다.

경채는 천천히 주변을 확인했다. 자세히 보니 현관 쪽에 CCTV가 설치되어 있었다. 집주변도 마찬가지였다. 유리창이 없어서 망원경으로 내부를 엿볼 수도 없었다. 삼엄하고도 효율적인 경비였다.

CIA로부터 최명숙을 데려간 장정들 중 몇이 저 안에 도사리고 있을지도 모른다. 경채는 마당에 난 발자국을 세어 보았다. 음지라 그런지 이틀 전 내린 눈이 녹지 않고 쌓여 있었다.

남성의 것이라고 생각되는 족적은 한 개뿐이었다. 산만하게 퍼져 있지만 움직인 경로도 그렇고, 무늬나 크기도 한 사람 것이었다. 모두 방금 들어간 민욱의 것이었다.

여성의 족적은 두 가지였다. 앞부분이 삼각형처럼 넓고, 뒷부분은 작은 구멍이 찍혀 있는 하이힐 자국으로 사이즈가 달라 서로 다른 사람의 것임을 알 수 있었다. 이민욱의 발자국은 들어가고 나간 출입의 흔적이 확실했지만 여자들의 발자국은 나온 자국이 없었다.

최명숙이나 서진홍이 하이힐을 신었을 리는 없을 텐데……?

경채가 먼저 담을 넘었다. CCTV가 설치되지 않은 곳과 그림자가 진 곳을 징검다리처럼 지나 건물에 다가갔다. 그리고 품속에서 집음기를 꺼내 벽에 고정시켰다.

국정원 요원들에게 지급된 고성능 집음기는 벽 저편에서 나는 소리를 증폭시켜 내부에서 일어나는 일을 들을 수 있게 해 주었다. 경채는 헤드셋을 끼고 볼륨을 높였다. 집음기를 벽 이쪽저쪽으로 옮겨도 진홍이나 명숙의 목소리는 들리지 않았다. 안에서 들려오는 것은 고작해야 신음소리였다.

쾌락에 달뜬 여인의 신음 소리.

"아아앗……."

아니.

그것만으로는 석연치 않은 구석이 있었다. 뭔가 이상하다.

경채는 집 안으로 뛰어들기 위해 총을 꺼내들었다. 막 안으로 들어가려고 하는 찰라 담 너머에서 하형의 부름을 들었다.

"서…… 선배."

기습을 당했을지도 모른다는 생각이 뇌리를 스쳤다. 재빠르게 담 위로 올라 밖을 확인했다. 어디를 봐도 민욱은 보이지 않았다.

달빛이 비치는 수풀 속에 한 아이가 하형의 옷깃을 붙잡고 있었다. 일곱 살을 갓 넘었을까 싶은 작은 아이였다. 피부가 창백하다 못해 시퍼렇다. 경채는 하마터면 그대로 땅바닥에 곤두박질할 뻔했다.

그 아이였다. 칭칭을 체포할 때 보았던 여름옷을 입은 소년. 비명을 내지르고는 감쪽같이 증발해 버렸던 그 아이가 지금 눈앞에 있었다.

"놀라……지 마세요."

익숙한 말투였다. RV 최명숙처럼 느릿느릿한 말투. 소년은 한 걸음씩 경채에게 다가왔다.

"이…… 집에 끔찍한 것들이…… 있어요. 아주…… 끔찍한 것들."

아이의 눈을 보고 있자니 지난번에 느꼈던 것과 같은, 미칠 듯 그리운 기분이 또다시 휘몰아쳤다. 심장이 터져 나갈 것처럼 애틋했다. 평소 핀트가 나가 있다는 평가를 받는 경채였지만 이번만큼은 자신이 생각해도 수상한, 격렬한 애정이, 부정(父情)을 방불케 할 정도로 뜨겁게 솟구치고 있었다. 혈관을 타고 다른 이의 감정이 수혈되는 기분이었다.

아이는 품속에서 작은 종이를 꺼내 경채에게 건네주었다. 라이트를 비쳐 확인해 보니 시간과 장소가 적혀 있었다.

"내일 이민욱을…… 데려오세요. 최명숙과 서진홍을 만날 수…… 있을 거예요. 하지만……."

소년은 경고했다.

"당신들만 와야 해요."

"우리들만?"

"네……. 그래야…… 우리 아버지를…… 만날 수…… 있어요."

"아버지라고?"

소년의 몸이 빛나기 시작했다. 빛은 점점 강해지더니 나중에는 도저히 이 세상 것이라고는 생각할 수 없는 광휘의 소용돌이를 이루며 주위를 환히 밝혔다. 너무 눈이 부셔 얼굴을 가리지 않을 수 없었다. 온 세상이 그 빛 속으로 뭉개져 들어갔다가 다시 튀어 나왔다.

열반에 이른 듯 황홀했다. 다리에 힘이 풀리고 몸이 떨렸다.

빛이 사라진 후 주위를 둘러보니 소년은 온데간데없었다. 암순응이 이루어지기까지 시간이 오래 걸렸다. 시력을 겨우 회복하고 옆을 보니 하형이 공황상태에 빠져 있었다. 방금 전까지만 해도 당당하던 모습은 사라지고 간질발작을 일으키기 직전의 환자처럼 아득해 보였다.

한참 지난 후에 그녀가 잠긴 목소리로 입을 열었다.

"선배……. 봤죠? 방금 전에 그 아이……. 지민이었어요."

"누구?"

하형은 품속에서 태블릿을 꺼내 파일과 사진을 보여 주었다. 기기 화면에서 나온 불빛이 어둠 속에서 엷게 퍼져나갔다.

"박종호 박사의 아들요. 박지민. 이 파일에 있는 사진하고 완전히 똑같은 차림이었다구요."

박지민. 화면 속 아이의 사진은 살아 있는 아이의 사진이 아니었다. 차디찬 부검대 위에 놓인 모습으로 검시하기 직전에 찍어 둔 사진이었다. 부검대 위 시체와 방금 전 사라진 아이의 모습은 완전히 똑같았다. 심지어 입고 있는 옷까지도.

그제서야 경채는 소년과 박종호 박사의 아들이 동일 인물이라는 걸 알아챘다. CIA의 메모리 카드 안에 들어 있던 사진들, 천진난만하고 생기발랄했던 아이도 지민이었고, 역 앞에서 리칭칭을 잡을 때 경채를 도와주었던 소년도 지민이었다.

경채는 자기 손에 쥐어진 메모지를 물끄러미 바라보았다.

이것은 박종호 박사가 보낸 메시지다. 행방을 감춘 그를 만날 수 있는 기회였다.

시간은 자정을 훌쩍 넘어 있었다. 그렇다면 종이 위에 적혀진 약속 날짜는 당장 오늘이었다. 한줄기 겨울바람이 몸을 훑고 지나갔다. 지민이가 했던 말이 다시금 귓전을 울렸다.

이…… 집에 끔찍한 것들이…… 있어요. 아주…… 끔찍한 것들.

멀리서 짐승들의 울부짖는 소리가 들려왔다. 태곳적부터 인간의 모습을 하고 사람들 사이에 숨어 있던 괴물들의 울음소리. 눈앞에 보이는 작은 집은 야수의 은신처인지도 모른다.

경채는 품속에서 총을 꺼내 잡았다. 방아쇠를 잡은 손가락 끝에서 자신의 심장 맥박이 느껴졌다. 하형도 그의 뒤를 따랐다.

8장

도주

미명의 군산 바다가 옥빛으로 물든다. 미세먼지에 뒤엉킨 구름은 하늘을 드넓게 덮고 있었다.

강 목사의 집에 숨어 있던 사흘 동안 진홍은 확실하지 않은 미래와 막연한 두려움에 잠을 제대로 이루지 못했다. 그의 얼굴은 많이 수척해져 있었다.

이런 식으로 조국을 등지게 될 줄은 몰랐다.

살인자의 누명을 쓰고, 정신이 온전하지 못한 어머니와 함께 언제 돌아올지도 모를 길을 떠나게 되다니.

오늘은 한국인 서진홍이 죽는 날이다. 이제 중국인 류샤오천으로 새로운 인생을 살아야 한다.

이 땅에서 누렸던 모든 것들이 사무치도록 그리워질 것이다. 진홍은 예종이 싸 준 고추장과 된장, 간장이 담긴 네모난 가방을 힐긋 바라보았다. 어차피 중국에서도 돈만 주면 사먹을 수 있는 것들이었다. 하지만 강 목사는 부득부득 짐을 안겼다. 사먹는 것과 집에서 직접 만든 것은 비교할 수 없다면서.

차가운 새벽의 바닷바람이 얼굴을 할퀴고 지나갔다.

마음 한편이 홀가분했다. 누군가에게 그 일에 관해 그토록 허심탄회하게 털어놓은 적이 없었다. 강 목사는 밤새도록 계속된 그의 고해를 들어주었다.

"그때 일을 생각하면 아직도 머리가 아픕니다. 함께 있던 선배들과 술을 진탕 마신 뒤였고, 그래서인지 다들 제정신이 아니었는데."

진홍은 그때 자신의 모습이 생생했다.

"저는 그 아이를 유린했습니다. 제 모습을 보고 선배들과 동기들이 킬킬거리며 같은 행동을 하기 시작했습니다. 변명처럼 들리겠지만 그때 일이 꿈처럼 아득해요. 그러면서도 무서울 정도로 선명하기도 하고. 어떻게 그런 일이 일어날 수 있었는지⋯⋯. 그때의 제 모습을 도저히 잊을 수가 없어요. 탈까지 덮어쓰고 낄낄대면서 짐승 같은 일을 벌이던 꼴을. 제 속에는 악마가 살고 있는 것일까요?"

바다 위에 생각에 잠긴 남자의 그림자가 비쳤다. 진홍은 일렁이는 물그림자를 보고 놀라 뒤로 물러섰다. 엄연한 자신의 모습임에도 전혀 다른 인격을 가진 존재처럼 느껴졌다. 소름이 끼쳤다.

진홍은 모든 이야기를 들어 준 강 목사에게 숨겨둔 약간의 재산을 맡겼다. 중국으로 떠난 후 제아의 생활을 부탁하기 위해서였다.

"출발하셔야겠습니다."

배가 도착한 모양이었다. 민욱이 소개해 준 보디가드 도석이 진홍과 명숙을 데리러 왔다. 뱃사람처럼 방수용 회색 점퍼를 입고 있는 그는 말수 적고 존재감은 확실한 사람이었다. 얼굴에서부터 목으로 이어지는 흉터자국을 보고 있으면 그가 인간이 아니라 표범이나 야수 같다는 생각이 들었다.

밀입국 계획은 이러했다. 한국의 영해까지는 자국 어선으로 간다. 중국의 경계에 이르면 마중 나온 중국 어선으로 갈아탄다. 마중 나오는 중국의 배는 류샤오천의 소유로 되어 있다. 배를 타고 스다오 항구로 간 뒤, 그곳에서 호적상 아내 한징과 만나 칭다오의 고속철을 타고 지난에 미리 마련해 둔 집에 도착할 예정이었다.

긴 여행이 될 것이다.

진홍은 눈을 가린 어머니를 모시고 도석과 함께 배에 올랐다. 군데군데 도색이 벗겨진 소형 어선이었다. 갑판에 오르자 출렁거리는 바다의 흔들림이 느껴졌다. 지지할 데 없이 허공 위에 위태롭게 떠 있는 지금 신세 같았다.

선장이라는 자는 돈만 받으면 무슨 일이든 해 줄 수 있는 사람이었다. 지금은 어창이 텅 비어 있는 상태지만 돌아올 때는 의심을 받지 않기 위해 오징어를 잔뜩 잡아 올 예정이라고 했다.

"요즘 대기가 불안정해서 종종 용오름이 일어나요."

배를 출발시키며 선장이 말했다.

"용오름요?"

"바다 위에서 생기는 회오리바람이죠. 물줄기가 하늘까지 쭉 가

닿는 모양이 장관인데, 꼭 용이 승천하는 모양 같다고 용오름이라고 해요. 운 좋으면 오늘 볼 수 있겠네요."

운······.

지금 진홍에게 가장 필요한 것이었다.

선장은 다른 배들보다 조금 빨리 배를 출발시켰다. 접선하기로 한 좌표까지 가는 데는 한 나절이 꼬박 걸린다고 했다. 태양이 바다 가득히 떠오를 무렵이 되면 중국의 영해로 넘어갈 수 있을 것이다.

조타실 뒤에는 몸을 눕힐 수 있는 자그마한 뱃간이 있었다.

밤새 제대로 잠을 자지 못해 졸음이 쏟아졌다. 진홍은 간이 침상을 펴고 잠을 청했다. 도석과 명숙은 바다멀미를 하지 않았지만 진홍은 달랐다. 어렸을 때부터 버스만 타고 속이 울렁거리던 체질이었다. 멀미약을 먹어 두기는 했지만 혹시 몰랐다. 차라리 자 두어야겠다고 생각하고 눈을 감았다. 재킷 왼쪽 주머니에는 권총이 숨겨져 있었다. 가슴께를 가볍게 짓누르는 총신의 무게가 현재 진홍이 가진 유일한 위안이었다.

"홍아······."

"······진홍아······."

"홍아······."

아득하고 어두운 꿈속에서 헤매고 있을 때였다. 익숙한 목소리가 자신을 흔들어 깨웠다. 눈을 떠 보니 어머니가 옆에 있었다.

어느새 박명은 사라지고 없었다. 아침 햇살이 직조해 낸 윤슬이 황금그물처럼 배 주위를 감싸고 있었다. 눈부신 빛의 향연 속에서 이런 생각이 들었다.

참으로 오랜만에 어머니의 얼굴을 본다. 탄력을 잃은 피부와 볼에
드러난 기미. 하지만 눈만은 더없이 자애롭다. 자신이 낳은 아들을
편안하게 바라보는…….

심장이 멈추는 것만 같았다.

명숙은 눈가리개를 하고 있지 않았다. 맨눈으로 아들을 바라보고
있다. 진홍은 소스라치게 놀라 몸을 일으켰다. 어머니가 RV모드로
넘어가는 데는 시간이 걸린다. 진홍과 눈을 마주치고 최소 몇 분이
지난 후에야 발동되는 것이다.

뱃간을 뛰쳐나와 도석을 찾았다. 그는 낚싯대를 바다에 드리우고
갑판에 앉아 있었다. 담배를 꼬나물고 하얀 천을 손에 칭칭 감고 있
었다. 그것이 명숙의 눈에 감겨 있던 가리개라는 것을 깨닫기까지
는 몇 초밖에 걸리지 않았다.

도석은 명령조로 말했다.

"뒤돌아 서."

"뭐라고?"

되묻는 진홍에게 돌아온 것은 둥그런 어둠을 품은 총구였다. 잠이
들기 전 재킷에 넣어 둔 권총이었다. 옷을 더듬어 보니 사라지고 없
었다. 머리가 지끈지끈 아파왔다. 손가락만 한 크기의 갈색 멀미약
병을 넘겨준 사람은 도석이었다. 약에 수면제까지 타 두었나. 뚜껑
이 열려 있었던 걸 그저 친절로만 생각했었다.

"진홍아."

등 뒤에서 어머니의 목소리가 들려왔다. 소름이 끼쳤다. 뒤를 돌아볼 용기가 생기지 않았다.

"털렸어. 당신."

도석이 한마디 했다.

"털렸다니?"

"어지간히 순진한 양반이네. 중국에서 배는 오지 않을 거야. 류샤오천이라는 신분도, 아파트도, 차도 아무 것도 없어. 꼼짝없이 속은 거야. 당신 도주자금은 모두 그 사람 수중에 들어갔어. 그리고 당신은 이제 곧 망망대해에서 어머니에게 죽임을 당할 신세지."

그가 무슨 말을 하는지 이해가 되지 않았다.

도석을 소개해 준 사람, 그리고 진홍이 도주할 수 있도록 뒤를 봐준 사람은 진홍이 가장 신뢰해 온 친구 민욱이었다.

얼굴에 난 흉터자국을 어루만지며 도석이 말했다.

"살다 살다 이렇게 편한 의뢰를 맡은 건 처음이야. 그 사람이 그러더군. 눈가리개만 없애면 당신 어머니가 알아서 당신을 처리할 거라고. 나중에는 알아서 사라지기까지 할 테니 마음 푹 놓으라나. 하긴 없어지지 않으면 어때? 이 손으로 바닷속에 처넣으면 되는데 말야. 당신 어머니는 당신 외에 사람에게는 아무런 해도 끼치지 않는다며? 말로만 듣던 RV라던가?"

지금 그가 중얼거리는 말들은 모두 진홍이 민욱에게 했던 이야기였다.

멍청하게 서서 도석을 말을 들으면서도 진홍은 도저히 믿어지지 않았다.

　민욱이 정말로 자신을 배신했을까. 저 사람이 거짓말을 하는 게 아닐까. 총구를 바라보며 스치는 오만가지 잡념 가운데 번뜩 떠오르는 깨달음이 있었다.

　"그럼 그놈이……."

　새하얀 담배 연기가 공기 중에 흩어졌다. 도석은 추리소설의 결말을 미리 알려 주는 스포일러처럼 킬킬킬 웃었다.

　"빙고."

　생각해 보니 어머니의 생명보험금으로 이득을 본 것은 자신뿐이 아니었다. 공동대표인 민욱도 같은 이득을 얻었다. 민욱이 재벌가 출신이고, 워낙 풍족한 가정에서 자라서 1~2억 정도에 연연하지 않을 거라고 여겼었다. 하지만 생각해 보면 당시 그는 부모에게 절연당하다시피 한 상황이었다. 재벌가 가족들에게 특별한 자금 지원을 받은 적도 없었다. 허울뿐인 신분이었다.

　민욱이 범인이라면 적극적으로 나서서 도주를 도와준 일도 이해가 되었다. 언제 자기를 해칠지 모를 명숙을 가능한 멀리 떨어뜨려야 했을 테니까. 헛웃음이 나왔다.

　다 틀렸다.

　배는 오지 않는다.

　중국에는 갈 수 없게 됐고, 외국에는 CIA가, 한국에서는 국정원이 혈안이 되어 자신을 찾고 있다. 눈앞에는 도석의 총구가, 등 뒤에는 아들을 노리는 어머니가 있다.

"진홍아……."

부드럽게 부르는 목소리. 모든 고통과 아픔을 녹여 버릴 것처럼 감미롭게 들려오는 세이렌의 목소리.

이제야 진범을 알아내다니.

혹시나 하는 마음에 조타실에서 배를 운항하는 선장을 쳐다보았지만 그는 누런 이빨을 드러내며 이쪽의 상황을 흥미롭게 관찰할 뿐이었다. 도석은 하늘을 향해 총을 들고 한방 시원하게 쏘았다.

탕.

갑판 위에 앉아 있던 갈매기들이 후드득 날아올랐다. 그의 총구는 다시 한 번 진홍에게 향했다. 햇살에 반짝이는 총신은 칼날처럼 위협적이었다.

"시간 끄는 게 제일 싫어. 선택권을 줄 테니 빨리 결정을 해. 내 총에 죽을 건지, 아니면 당신을 낳아 준 어머니에게 죽임을 당할 건지. 나라면 후자를 선택하겠는데 말이야."

"진홍아……."

어머니의 목소리가 지척에서 들려왔다. 목덜미에서 느껴지는 것만 같았다.

진홍은 천천히 몸을 돌렸다. 어머니는 진홍을 죽이고 나서도 소멸하지 않을 것이 분명했다. 진범은 따로 있으니까. 그렇다면 어머니는 아들을 죽이고도 이 배 위에 혼자 남아 도석에게 죽임을 당하게 될 것이다.

복수를 실행하지 못한 RV는 어떻게 될까.

다시 부활해 이 세상을 헤매게 될까.

그러나 그때에는 어머니를 보호해 줄 아들이 곁에 없을 것이다. 진홍의 입술이 바짝바짝 말라왔다.

"엄마……. 정신 차려. 엄마를 죽인 건 내가 아니야. 엄마를 죽인 건 민욱이었어. 나랑 같이 사업하던 그놈이 돈에 눈이 멀어서 엄마를 죽였던 거야. 그날 내가 바깥으로 나가서 엄마에게 돈을 받아올 것도 그 녀석 알고 있었어. 기다리고 있었던 거야."

명숙은 자리에서 멈춰 서서 아들의 목소리에 귀를 기울였다.

그것이 RV 모드로 들어가기 직전의 침묵인지 아니면 아들의 이야기를 듣고 설득되고 있는 것인지 확신할 수 없었다. 그러나 진홍은 사력을 다해 어머니를 이해시키려 했다.

한 발 한 발 명숙이 다가왔다. 진홍은 눈을 감았다. 어머니의 따뜻한 손길이 그의 목덜미 근처에서 느껴졌다. 예전 아주 어린 시절 이천에서 어머니와 함께 잠들었을 때 느꼈던 평온하고 부드러운 손길이었다.

통한 걸까.

진홍은 살며시 눈을 떴다. 아들을 어루만지던 어머니는 진홍을 얼굴을 빤히 바라보고 있었다.

텅 빈 눈.

뒷걸음쳤지만 소용없었다. 명숙은 진홍의 목덜미를 양손으로 거세게 짓누르기 시작했다.

삽시간에 시야가 어두워졌다. 여자의 힘이라고 믿어지지 않을 만

큰 강한 완력이었다. 진흥은 안간힘을 다해 명숙을 떼어 내려고 몸부림쳤다.

도석은 죽어가는 진흥을 뒤로 하고 여유롭게 낚시질을 했다. 선장은 턱을 괸 채로 느긋하게 구경을 하고 있었다. 아들의 목을 조르는 명숙의 표정도 덤덤했다. 응당 처리해야 하는 업무에 임하는 회사원처럼 기계적인 몸짓이었다.

배 위는 무서울 정도로 고요했다. 바람도 불지 않았다. 일렁이는 물결 위에서 요람처럼 흔들리는 선상. 진흥 외에는 아무도 흥분한 사람이 없었다. 서서히 심장고동이 느려졌다. 생명이 몸 밖으로 빠져나가고 있었다.

죽음의 날개짓 소리가 들려왔다. 동편 하늘에서부터 날아온 그것은 검은 벌 형상을 하고 있었다. 곧이어 커다란 그림자가 드리워졌다. 어둠이 다가올 때마다 바람이 강해졌다. 파고도 높아졌다. 배가 물결을 따라 거침없이 흔들렸다.

도석이 자리에서 벌떡 일어섰다. 그러나 곧 앞으로 푹 고꾸라졌다. 그의 몸에서 흘러나온 붉은 피가 갑판을 적셨다.

머리 위에는 두 대의 헬기가 떠 있었다. 네 개의 자일이 어선 위로 내려지더니 외국인 요원들이 라펠을 타고 빠르게 하강했다. 그들은 순식간에 명숙의 사지를 제압하고 진흥에게서 떼어 냈다.

산소가 갑작스럽게 호흡기를 점령하면서 질식 쾌감이 뇌를 훑고 지나갔다. 진흥은 손 하나 까닥할 수 없었다. 부들부들 몸이 떨렸다.

검은 벌이라고 생각한 건 군용 드론이었다. 도석을 저격하고 정찰

하듯 배 위를 휘돌았다.

CIA 요원들은 머리부터 발끝까지 완전무장을 하고 있었다. 그들은 RV 모드가 된 명숙에게 안정제를 투여하여 잠잠하게 만들었다. 전보다 훨씬 기술이 좋아진 느낌이었다. 명숙은 금세 축 처진 몸으로 갑판 위에 쓰러졌다. 은발 머리를 한 요원이 무전으로 헬기에 들것을 요청했다. 로프에 연결된 들것이 내려오자 요원들은 명숙을 그 위에 실었다.

선장은 갑자기 출현한 드론과 완전무장한 외국인들에게 압도되어 조타실에 망부석처럼 서 있을 뿐이었다. 요원들도 그가 민간인이라는 걸 파악하고 내버려두었다.

명숙의 몸이 배 위에서 서서히 들려 올라갔다.

안 돼.

방금 전 어머니의 손에 죽을 뻔한 진홍은 비틀거리며 자리에서 일어섰다.

어선 한가운데 서 있는 기중기가 눈에 들어 왔다. 바다에 늘어뜨린 그물을 낚아 올릴 때 사용하는 기중기였다. 진홍은 조타실 안으로 뛰어 들어갔다.

기겁하는 선장을 구명환으로 내리치고 어선의 키를 왼쪽으로 끝까지 밀어냈다.

배가 기우뚱 왼쪽으로 크게 돌았다. 갑판 위에 있던 요원들이 균형을 잃고 바닥에 넘겨졌다. 요원 한 명은 바닷물에 떨어졌다.

진홍은 조종간에 있는 버튼이란 버튼은 모두 눌렀다. 스크루가 회전하면서 배가 전속력으로 앞을 향해 나아갔다. 몸을 일으키려 했던 요원들이 볼링핀처럼 쓰러졌다. 그들이 균형을 회복하는 동안 드론이 조타실 안으로 날아들었다. 계속 진홍 쪽으로 날아들면서 방해했지만 사격을 가하지는 않았다.

진홍을 살해하면 RV도 소멸할 수 있다고 판단한 모양이었다. 자신감을 얻은 그는 계기판 왼쪽에 위치한 레버들을 당겼다. 마침내 기중기가 움직이기 시작했다. 레버를 크게 휘두르자 기중기 끝에 매달려 있던 밧줄이 어선의 중심부로 빙 돌아 회전했다. 밧줄은 요원들이 타고 내려온 자일과 진홍의 어머니와 헬기를 연결하고 있는 로프에도 휘감겼다.

진홍은 다시 버튼을 누리고 레버를 끌어 당겼다. 드론이 계속해서 얼굴 쪽으로 날아들면서 프로펠러로 눈을 찌르려 했지만 멈추지 않았다. 어선이 앞으로 나가는 추진력과 기중기의 회전하는 속도에 견인되어 헬리콥터가 끌려왔다. 다시 버튼을 누르자 배가 멈추면서 반동에 의해 헬리콥터가 앞으로 넘어갔다. 7톤급 어선이 버틸 수 없는 힘이었다. 어선의 뒷부분, 조타실 쪽이 놀이공원에서 운행되는 바이킹처럼 공중으로 높게 치켜 올라갔다.

그 서슬에 안으로 진입하던 라틴계 요원이 유리 창문에 얼굴을 심하게 부딪치고 의식을 잃었다. 진홍은 키를 강하게 붙잡고 버텼다. 배의 뒷부분이 기우뚱하면서 수면 위에 부딪혔다.

물보라가 사방으로 튀었다. 굉음과 함께 배 후면에 있던 롤러가 부러져 버렸다. 롤러뿐이 아니었다. 스크루도 부러졌는지 더 이상

시동이 걸리지 않았다. 허공에 떠있는 헬기에도 이상이 생긴 모양이었다. 수면으로 배가 떨어지자 기체가 시계추처럼 뒤로 흔들렸다. 반동으로 난간이 있는 배 앞부분이 높이 들려 올라갔다. 이번에는 세 명의 요원이 한꺼번에 바닷속으로 낙하했다. 갑판 위에 남은 것은 명숙을 겨우 붙잡고 있는 은발 머리 요원뿐이었다.

하늘에 떠 있던 헬기는 중심을 회복하기 위해 대원들을 위한 자일과 명숙을 연결하고 있던 로프를 끊어 버렸다. 허공에 떠 있던 명숙은 들것과 함께 그들 더미 위에 안착했다. 그 충격으로 명숙은 정신을 차렸다. 비틀비틀 몸을 일으키고 주위를 두리번거리는 모습이 보였다. 여전히 눈동자가 붉고 흥분에 물들어 있다. 아직도 RV 상태로 사냥감을 찾고 있었다.

몇 번의 진자 운동 끝에 배가 잠잠해졌다.

헬기도 겨우 안정을 회복하고 추락을 면했다. 이번에는 폭포수 같은 총알 세례가 갑판 위를 훑고 지나갔다. 조타실 유리는 모두 깨지고, 천장은 벌집처럼 구멍이 났다. 드론도 몸체를 맞고 바닥으로 추락했다. 뱃간에서 머뭇거리던 선장은 즉사했다. 진홍은 재빨리 조종석 밑 틈으로 몸을 피했다.

구원을 바라는 심정으로 계속해서 조종석에 있는 버튼과 키를 움직여 보았지만 더는 먹히지 않았다. 배는 마냥 멈춰 있을 뿐이었다. 헬기 중 한 대가 고도를 높여 갑판이 아닌 조타실 위로 자일을 내렸다. 두 명의 다른 요원들이 착지하는 소리가 천장에서 울려 왔다. 총알이 뚫고 지나간 구멍 틈새로 내부를 살피는 그들의 눈동자가 보였다.

조타실 문밖에서는 명숙이 다가오고 있었다. 저승사자를 방불할 정도로 극엄한 얼굴이었다. 도석이 했던 말이 떠오른다.

"……선택하게 해 줄 테니 빨리 결정해."

그래, 선택하자.

아니, 선택의 여지가 없다.

목숨을 구하려고 하면 어머니를 포기해야 한다. 하지만 어머니를 저들의 손에 보내고 나면, 진홍은 살 수 없었다. 그들이 어머니에게 무슨 짓을 할지 매일 밤 상상하며 지옥 같은 나날을 보낼 것이다.

차라리 어머니 손에 죽는 건 어떨까. 그러면 어머니는 소멸할까.

진홍은 고개를 세차게 흔들었다.

아니다. 진범이 따로 있는 상황이니 소멸은 이루어지지 않을 거다. 오히려 홀로 남은 어머니만 저들에게 끌려가고 말 것이다.

진홍은 조타실 문을 박차고 달려 나갔다. 요원들이 진홍에게 총을 쏘기 시작했지만 네 발에 그쳤다. RV 상태인 명숙이 놀라운 속도로 그를 덮쳤기 때문이었다.

진홍은 자신을 잡아챈 어머니를 부둥켜안고 배의 난간으로 향했다. 바닷물이 쓸고 간 갑판 위에서는 균형을 잡기가 쉽지 않았다. 명숙은 진홍이 이끄는 대로 미끄러지다 바다로 떨어졌다.

첨벙. 비말이 요란하게 튀어 올랐다. 해수가 두 사람의 몸을 집어삼켰다.

갑판에 남은 요원들은 닭 쫓던 개처럼 서로를 바라보았다. 배 위에 있던 구명환을 던지고 옆판에 장착되어 있던 구명보트도 던졌지만 소용없었다. 진홍과 명숙은 떠오르지 않았다.

후미가 부서진 어선은 서서히 기울고 있었다.

무전기에서 명령이 흘러나왔다. 근처에서 토네이도가 일어나고 있으니 조속히 헬기로 복귀하라는 내용이었다.

요원들이 라펠을 타고 헬기로 복귀했을 때 용오름 줄기는 육안으로도 확인할 수 있을 정도로 가까워졌다. 하늘에서 일어난 구름 줄기와 바다 위에서 일어난 물줄기가 하나로 합쳐지는 모습은 장관이었다. 기체가 세차게 흔들렸다.

물줄기는 방금 전까지 요원들이 타고 있던 배, 지금은 텅 빈 배 쪽으로 다가왔다. 속에서 환한 빛이 일렁이고 있었다.

* * *

현장 수색은 날이 밝도록 계속되었다. 범인을 체포하는 것은 순간이었지만 안에서 나온 증거들과 시신들을 분류하고 수집하는 데 시간이 걸렸다. 20명이 넘는 인력이 긴급 투입되어 밤샘작업을 했다. 하형도 뜬 눈으로 꼬박 밤을 지새웠다.

해가 밝아 오면서 지역 주민들이 몰려들었다. 아침밥을 지으러 나왔다가 또는 축사에 있는 소들에게 여물을 주러 나섰다가 마을 뒷산에 주차된 경찰차들을 보고 무슨 일인가 궁금해 하며 올라오고 있었다. 이대로라면 언론에서 냄새를 맡는 것도 시간 문제였다.

시간은 어느덧 오전 8시였다. 지민이가 말한 시간까지 이제 겨우 다섯 시간 남았다. 이러다간 박종호 박사가 말한 약속 장소에 가지 못할지도 모른다.

초조해진 하형은 손톱을 물어뜯었다.

그것만은 절대로 안 돼.

국정원에 들어와 일한 지 3년. 어지간한 사건에는 눈 하나 깜짝하지 않는 그녀였지만 어젯밤 일은 아무리 생각해도 몸서리가 쳐졌다. 죽은 아이가 어둠 속에서 스르륵 나타나 손을 잡았다. 축축하고 서늘한, 그 아이의 손이 스쳤던 느낌을 잊을 수가 없다.

알고 싶었다. 그 어떤 사건을 맡았을 때보다 강렬하게 사건의 전모를 해명하고 싶은 욕망이 용솟음쳤다. 이건 단순한 강력사건이 아니었다. 상식을 뛰어넘는 기묘한 일들이 생과 사, 죄와 벌의 영역을 오가며 벌어지고 있었다. 서진홍 사건을 이해한다면 RVP 전체를 깨우칠 수 있을 거라는 확신이 들었다. 아니, 어쩌면 이 세계와 인생 전반의 숨은 의미까지도. 설사 승진을 하지 못하게 되더라도 이 모든 수수께끼를 해명할 답을 반드시 알고 싶었다.

수색 요원들이 집 마당과 뒤란에 묻혀 있는 시체들을 발굴하며 경탄하는 소리가 들려왔다. 감식반장도 고개를 절레절레 저었다.

"완전히 사람밭이네. 사람밭. 아무데나 파도 시신이 나오니. 이제 세금 낭비해가며 테네시까지 연수 갈 필요도 없겠어. 바디팜(the body farm)이 여기야."

범인은 사람의 시신을 관절 단위로 잘게 잘라 여기저기에 묻어

놓았다. 그리고 그 위로 민들레와 꼭두서니, 코스모스 같은 각종 꽃씨들을 뿌려 놓았다. 사람의 피와 살을 먹고 자란 식물들은 계절을 따라 화사하게 꽃피며 정원을 장식했다. 감식요원들에게는 평생에 한번 만날까 말까한 천금 같은 실습지 앞에서 경탄과 비애를 동시에 맛보고 있었다.

하형은 민욱이 했던 말을 곱씹어 보았다. 그는 손에 피를 묻힌 채 현행범으로 긴급 체포되면서도 범행을 완강하게 부인했다.

"이보세요. 난 정말 아무 것도 몰라요. 진홍이가 가 보라고 해서 왔을 뿐이에요. 떠나기 전에 정리할 것이 있다면서, 부탁한다면서 주소를 일러 줬어요. 난…… 그저 여자들을 구하고 싶어서, 그러다 보니 피가 몸에……."

차에 태워져 연행되면서도 민욱은 침착하고 조리 있게 상황을 설명하려 들었다. 서에 도착하고 난 뒤에는 곧바로 변호인을 신청하고 묵비권 행사에 들어갔다.

덕분에 수사는 난항을 겪고 있었다. 진홍이 어디에 있는지, 이 집에 묻혀 있는 시체들은 다 무언지, 최명숙은 어디로 갔는지 아무 것도 알 수 없었다.

현장에서 발견된 두 여자는 곧바로 병원으로 옮겨졌지만 중태에 빠졌다. 의사의 말로는 생명을 건진다고 해도 두부 손상이 워낙 심각해 의식을 온전히 회복할 수 없을 거라고 했다. 그들에게 진범에 관한 진술을 듣는 일은 불가능했다.

현장감식반 반장 최무경이 캔커피를 들고 왔다.

"국정원이 많이 헐렁해졌어. 몰래 잡아다 고문이라도 하지. 굳이 절차 다 지켜가며 이 난리법석이 다 뭐요. 이래 갖고 조국을 위해 임무를 완수할 수 있갔소?"

북조선 억양과 말투를 흉내 내며 농담처럼 속내를 비추고 있었다. 틱 소리와 함께 캔 따개가 뒤로 젖혀졌다.

"별 수 없잖아요. 아주 지엄한 신분을 가진 피의자예요. 잘못 건드렸다가 승진 길 막힐지도 모르는데 책임지실래요?"

"새파랗게 젊은 처자를 내가 왜 책임지나. 남들이 들으면 오해하겠네. 허허."

농을 주고받으면서도 하형은 속이 쓰렸다. 하늘이 내린 기회를 이렇게 놓칠 수는 없었다. 이민욱만 좌지우지할 수 있다면 서진홍이 도망친 곳도 알 수 있고, 박종호 박사와 접촉할 수도 있을 텐데.

배고파.

생각해 보니 어제 저녁 크림빵을 먹은 이후로 아직까지 아무 것도 먹지 못했다.

경채에게 전화를 걸어 보았다. 아포칼립티카의 「완전한 오해 (*Misconstruction*)」가 정신 사납게 들려왔다. 자기도 좋아하지 않는 음악을 컬러링으로 골라 전화를 건 사람들을 고문하길 즐기는 취향을 뭐라고 불러야 좋을까.

"어. 왜?"

목소리가 잔뜩 갈라져 있었다. 역시 잠을 자지 못해 피곤한 기색이었다. 그는 민욱의 신병을 인도받기 위해 서울지검 특수부에 가 있었다.

"지금 협의하러 들어갈 거야."

"그럼 아직도 처리가 안 됐단 말예요?"

경채는 변명하듯 추이를 설명했다. 일을 담당하게 된 윤오진 검사가 사건을 파악하는 데 시간이 걸렸고, 또 이민욱의 변호인에 대응하느라 몇 시간이 고스란히 흘러가 버렸다고 했다.

그쪽 입장은 민욱이 체포되던 때 했던 말 그대로였다. 문제의 집과 여자들에 대해서 아는 바가 없고 동업자가 회사를 그만두면서 정리할 것이 있다고 하여 찾아갔을 뿐이라고.

현장에서 나온 지문을 증거로 제시했지만 변호사는 콧방귀도 끼지 않았다. 요원들에게 추격을 받고 있던 서진홍이 애먼 사람에게 누명을 씌우려고 철저한 계략을 꾸미고 조작을 해 두었을 거라고 응대했다. 경채가 집음기를 통해 들었던 신음소리, 구출된 여자들의 몸에 난 상처로 볼 때 마지막 범행이 일어난 시각이 어젯밤이었고, 범인은 틀림없이 이민욱이었는데도 생떼를 쓰고 있었다.

"몇 시간 안 남은 거 알죠? 좀 더 밀어 붙여 봐요."

"알았어. 너도 현장 수색 제대로 해."

통화가 끝나자마자 하형은 커피캔을 드럼통 안에 던져 넣고 감식반을 향해 달려갔다. 어떻게든 확실한 증거를 발견해 이민욱 측을 압박해야 했다.

과학 수사 인력은 반으로 나뉘어 한쪽은 시신 수습을, 나머지 한쪽은 집 안을 속속들이 수색하고 있었다. 국정원에서 요청을 해서 당장 동원할 수 있는 검·경찰 감식인력을 모두 끌어왔지만 약속된 시간까지 작업을 완료하기는 무리가 있었다.

"어때요? 뭐라도 건진 거 있어요?"

"건진 게 너무 많아서 문제죠."

새로 찾아낸 두개골을 들어 올리며 장인수 팀장이 실소했다. 파란 비닐 위에 줄줄이 늘어선 두개골과 뼈들은 벌써 시체 일곱 구가 넘었다.

집채를 담당하고 있는 인력들도 정신없이 작업하고 있었다. 피 한 방울, 지문 하나 놓치지 않고 열성적으로 작업한 덕분에 어젯밤 피해자들의 신원은 진즉에 밝혀졌다. 이번 분기에 지문 식별 시스템을 개선한 일도 시간을 절약하는 데 한몫했다.

"어때요. 나왔어요?"

감식요원들 중 한 명이 지금까지의 상황을 보고 했다. 집 안에 놓인 테이블과 맥주 캔, 옷장 속 의류와 찬장 식기들에서 서진홍의 지문과 유전자가 고루 발견되었다. 요원은 비닐백에 넣어 놓은 부엌칼을 들어 보이며 설명했다.

"병원에 이송된 피해자들 옆에서 발견된 범행도구인데요. 피해자들의 혈흔과 함께 요청하신 용의자의 지문, 유전자가 다 발견되었습니다."

그 말을 들은 하형은 입술을 깨물었다. 역시 서진홍은 살인마였나. 하지만 여전히 미심쩍은 부분이 있었다. 서진홍은 왜 민욱을 이곳으로 불러들였을까. 끔찍한 살인 현장을 청소하기 위해서? 죄를 뒤집어씌우려고? 모든 걸 버리고 도주하는 마당에 그럴 필요가 있었을까. 그것도 자신의 행방을 아는 유일한 아군에게? 너무 위험한 일이다.

아니면.

서로 공범이었을지도 몰라.

있을 수 있는 이야기였다. 특히 7년 전, 최명숙의 죽음으로 두 사람이 함께 운영하는 회사가 살아났다는 점을 감안하면 충분히 가능성이 있었다.

하형은 부엌칼을 들고 있던 요원에게 다시 한 번 물었다.

"그럼, 이민욱의 지문이나 유전자는?"

"일단 지문은……."

요원은 레이저 지문 채증기를 가동했다. 입력된 이민욱의 지문을 탐색하는 붉은 빛이 실내를 훑어나갔다. 아직 스캐닝 기술이 완벽하지 않아 인간의 힘을 빌어야 하고, 수회에 걸친 재가동이 요구되지만 과거에 쓰이던 휴대용 가변 광선기와는 비교도 되지 않는 성능과 속도였다. 기계음과 함께 식별된 지문의 위치와 평균 개수가 모니터에 출력되었다. 32개. 서진홍의 지문과는 비교도 되지 않을 만큼 적은 수치였다.

어제 처음으로 이곳에 들어왔다고 해도 납득이 갈 정도였다.

"백 요원님, 여기 좀 와 보세요!"

부엌 쪽에서 부르는 소리가 들려왔다.

감식요원들이 부엌에 있는 찬장에서 여행용 하드케이스 가방을 하나를 발견했다. ABS재질의 루비색 가방 안에는 여성용 구두 세 켤레, 자른 머리채, 14K 반지, 드림캐처 모양의 귀걸이, 책가방, 나뭇잎이 세공된 머리띠 등이 나왔다.

"전리품인 모양이에요."

연쇄살인범들 중에는 자신이 저지른 살인을 추억하기 위해 관련된 물품이나 피해자 신체의 일부를 소장하는 일이 간혹 있었다. 현장에서 직접 보는 일은 이번이 세 번째였다.

저건……?

하형은 손을 뻗어 가방 속에서 물건 하나를 꺼내 올렸다.

비비탈이었다. 비비 탈은 지방마다 모습이 다양했다. 가방 속에서 나온 탈은 제아의 그림에서 보았던 것과 모양이 꼭 같았다. 우뚝 솟은 뿔, 크게 벌린 입, 날카로운 이빨. 탈보 속에는 밀가루처럼 고운 가루가 들어있는 비닐백 하나가 겹쳐 놓여 있었다. 가로 세로 5cm 크기의 이중 비닐백이었다.

옆에 있던 감식요원이 차안에서 휴대용 전자 키트를 가지고 왔다. 2분쯤 지나자 키트 위에 푸른 불이 들어오면서 결과가 나왔다.

"엘랑인데요. 병원으로 옮겨진 여자들 몸에서 검출된 약물과 같은 겁니다."

엘랑이라면 엑스터시의 변종이었다. 뇌의 전두엽에 작용하여 의지력과 판단력을 떨어뜨리고 격정적이고 충동적으로 행동하게 만든다. 사람에 따라서는 일시적인 사지무력증을 경험하기도 한다.

전리품은 그것만이 아니었다. 가장 큰 부피를 차지하고 있던 백팩

밑에서 낡은 헝겊 장지갑이 나왔다. 통장을 넣고 다니는 색동 누비 지갑이었다.

안에서 나온 통장 명의자의 이름을 확인하고 하형은 눈을 감았다.

통장은 최명숙의 것이었다. 7년 전 사건 날짜에 마지막으로 돈이 인출된 바로 그 통장이었다.

* * *

수갑을 차고 있지만 민욱은 조금도 기가 죽은 기색을 보이지 않았다. 처음 현장에서 발견되었을 때보다는 한결 여유를 찾은 모습이었다.

어젯밤 집 안을 기습했을 때 피투성이가 되어 곤죽처럼 쓰러져 있던 여자들을 보았고, 그 가운데서 공황상태에 빠져 있는 민욱을 사로잡았다. 그러나 지금은 언제 그랬냐는 듯 평상시의 모습을 보이고 있었다. 진범이고 아니고를 떠나 연쇄살인범으로 몰린 상황에서 이토록 평정심을 유지하고 있다니 보통이 아니었다.

"죄송하지만 모든 답변은 제 변호인 김동현 변호사께서 해 주실 겁니다."

희끗희끗한 머리에 두꺼운 안경을 쓴 김동현 변호사가 고개를 끄덕였다.

경채는 민욱의 뒤에 앉은 윤오진 검사를 흘깃 바라보았다. 접견을 허락받기 전 상대 변호사에 대한 정보를 미리 넘겨주었다. 김동

현은 이름만 대면 누구나 알 법한 유력 법조가문 태생으로 그 자신도 고검장까지 지낸 바 있다. 전관예우가 뿌리 뽑히지 않은 사법계에서 현직 변호사들 가운데 무적으로 통하는 인물이었다. 한번 사건을 수임하면 패하는 경우가 거의 없었다.

경채의 요청을 들은 김 변호사는 귀를 의심하며 반문했다.

"그래서 오늘 저희 의뢰인을 검찰청 밖으로 내보내겠다는 겁니까?"

"몇 시간이면 됩니다."

김 변호사는 어이가 없다는 얼굴로 웃었다. 연쇄살인으로 긴급 체포된 사람을 다시 바깥으로 내보내겠다니, 그가 검사로 있던 시절에도, 변호사로 일하면서도 겪은 적이 없는 황당한 경우였다. 피의자 쪽에서도 언감생심 꿈도 못 꿀 일을 검사 측에서 요청하고 있는 것이다. 법률적 문제를 해결하기 위한 서류까지 완비해 놓은 상태로 말이다. 김 변호사는 테이블 위에 놓인 파일을 넘겨가며 눈을 가늘게 떴다. 무언가 노림수가 있다고 밖에는 생각할 수가 없었다.

"어제 우리 의뢰인을 체포한 것이 당신네들이잖아요. 그런데 지금에 와서 협조를 구한다구요? 그것이 의뢰인에게 불리한 함정 수사가 될지도 모르는데 왜 우리가 협력해야 합니까?"

"그래야 이번 사건의 진상을 밝힐 수 있고, 이민욱 씨에게 덧씌워진 누명도 벗길 수 있을 테니까요."

김 변호사의 표정이 변했다. 그는 자신의 뒤에 앉아 있는 이민욱을 돌아보았다. 그는 무릎 뒤에 가지런히 두 손을 내려놓은 채 다리를 꼬고 앉아 있었다. 어찌나 귀티가 흐르는지 팔목에 찬 수갑이 명품 시계처럼 보일 지경이었다.

"좀 자세히 설명해 주시겠습니까?"

실크처럼 부드럽고 세련된 목소리였다. 평소라면 경멸하며 웃어넘겼겠지만 지금은 민욱의 눈빛에 주눅이 들었다. 눈에서 뿜어지는 안광이 장난이 아니었다. 비루먹은 사형수 표세춘과는 종류가 다른 악한이었다.

손가락에 끼고 있는 반지와 옷차림, 구두까지. 그가 걸치고 있는 것들은 경채가 엄두도 낼 수 없는 물건들이었다. 눈앞의 남자는 평생 동안 고개 한 번 숙여 보지 않은 부류의 인간이었다. 막강하고, 오만하며 법의 오점을 알고 유유히 빠져나가는 악한이었다.

머릿속으로 여러 가지 수를 계산하고 있을 게 분명했다. 갑작스레 사라진 서진홍에 죄를 뒤집어씌운 것은 탁월한 묘수였다. 민욱이 재판과정에서 진홍의 실종을 언급하면 국정원은 조사하고 있던 사건에 대해 밝혀야 한다. 극비사안은 재판정에서 공개할 수 없다.

뿐인가? 어느새 RV는 초능력자, 외계인과 마찬가지로 대중의 관심을 끄는 아이콘이 되었다. 언론이 조금만 정보를 흘리면 이번 사건이 RV와 연관이 있다는 사실이 만천하에 알려진다. 진홍이 환세자의 공격을 받는 걸 목격한 이들을 기자들이 가만 둘 리 없었다. 일반인들은 RV를 절대 정의자나 초월적인 심판자라고 믿고 있다. 거룩하기까지 한 RV에게 오류란 있을 수가 없는 일이다. 역설적이게도 대중들은 RV를 신비와 무오의 존재, 외국에서 종종 출현하는 괴생명체 정도로 생각하기 때문에 집착하지 않는다. 전설의 유니콘을 찾아 세계 곳곳을 헤매는 사람이 없는 것과 같은 효과다. 그러나 RV가 사실은 인간에 의해 개발된 인공 생명체이며 그 창조자가 한국인이라는 사실이 밝혀진다면 끔찍한 소동이 일어날 것이다. 국정원은 바라지 않는 일이었다.

재판정이 민욱에게 사형을 언도한다 해도 그는 목숨을 잃지 않는다. 근래 들어 사형은 집행된 적이 없었으니까.

"오늘 오후 우리 요원들은 행방을 알 수 없었던 중요인사와 접촉할 예정입니다. 몇 년 동안 행방을 추적하기 위해 각고의 노력을 기울였던 인물이지요. 그런데 그 인물이 나타나는 곳에 서진홍 씨도 나올 거라는 확실한 제보를 받았습니다."

"진홍이가요?"

잠깐이었지만 민욱의 얼굴 위로 은근한 웃음이 일었다. 곧바로 수습했지만 그걸 놓칠 경채가 아니었다. 예상이 맞아 떨어졌다.

역시 그렇군. 서진홍은 죽었어. 죽여 버린 거야.

사업 때문에 친구 어머니를 죽일 수 있는 인간이라면 친구를 죽이는 데도 망설임이 없었을 것이다. 사회적으로 매장당한 인물이라면 더더욱 손쉬웠겠지. 그러고는 진홍이 깔아 놓은 덫에 걸려들었느니 운운하며 말을 꾸며 대면 된다. 죽은 자는 자신을 변호하지 못하니까.

"정말입니까?"

"네. 수사협조에 응해 주시면 윤검사님께서도 당신의 결백을 보다 신뢰해 주시기로 약속하셨어요."

김 변호사는 여전히 불만스런 얼굴이었다. 경채가 넘겨 준 서류철의 맨 앞장에 올려 놓은 협조 요청서를 손가락으로 툭툭 쳤다.

"탁 까놓고 이야기해 봐. 이해가 안 되는 게, 왜 그런 자리에 우리 의뢰인을 굳이 데려가려고 해?"

"그분이, 그러니까 우리가 추적해 오던 그분이 요청하기를…….
서진홍을 만나길 원하거든, 이민욱 씨를 동행시키라고 조건을…….'"

민욱의 눈썹이 치켜 올라갔다.

"저를요? 제가 아는 분입니까?"

"그런 건 아니고…….'"

곤란해 하는 경채를 보며 민욱은 겨우 웃음을 참고 있었다.

당신네들이 누굴 만나려고 하든, 그자가 어떤 거물이든, 서진홍을 데려오지는 못해.

눈빛에 조소가 어렸다.

"거절하지 않으실 거라고 믿고 있습니다. 서진홍을 잡아야 이민욱 씨 누명도 벗겨질 것 아닙니까?"

"물론이죠."

더없이 나른한 표정으로 민욱은 고개를 끄덕였다. 옆에서 김 변호사가 말렸지만 소용없었다. 별로 어려운 청도 아니라는 듯 흔쾌히 펜을 들어 서류에 서명을 했다.

성취감이 물밀듯 밀려왔다.

됐다. 됐어.

서류를 집어 들며 속으로 쾌재를 불렀다. 이런 인간들의 머릿속은 뻔해서 쉽게 짐작할 수 있었다. 계획이 순조롭게 모두 이루어졌다고 확신하기 때문에 여흥을 즐기는 마음으로 사인했을 것이다. 현장에 함께 나갔다가 서진홍이 나타나지 않아 경채와 요원들이 실망하는 모습을 구경하고 싶었을 것이다. 일에 협조함으로써 검사에게 무죄라는 인상도 줄 수 있고.

조사실을 나오며 경채는 서류를 움켜쥐었다.

하지만 정말 네 뜻대로 될까.

앞으로 경채와 민욱이 만나게 될 사람은 죽은 이도 되살리는 사람이었다. 서진홍이 죽었는지 안 죽었는지 그건 알지 못했다. 그러나 경채는 확신했다. 박종호 박사는 서진홍이 죽었다면 다시 RV로 만들어서라도 약속 장소로 대령할 것이다. 아무리 민욱이 꾸민 술수가 완벽했다하더라도 곧 모든 진실이 드러난다. 어쩌면 RV에 관한 비밀까지도.

9장

환유(幻誘)

눈을 떠 보니 낯선 곳이었다. 모든 것이 상아빛으로 희다. 반투명한 재질로 된 천장에서는 세미한 빛이 흘러나오고 있었다. 진홍은 백색 카펫 위에 덩그러니 누워 있었다. 방 안에는 어떤 가구도 놓여 있지 않았다.

바다에 투신한 게 마지막 기억이었다. 그 뒤로 생각이 나지 않았다. 며칠이 지났는지도 모르겠다.

옆에는 어머니가 누워 있었다. 잠이 든 모양이었다. 의료용으로 쓰일 법한 합성섬유 눈가리개를 하고 있었다. 옷가지도 금방 세탁한 듯 말끔했다. 소금기는 조금도 머금고 있지 않았다.

결국 잡혀 왔군.

진홍은 한숨을 내쉬었다. CIA 요원들이 바닷속으로 뛰어든 모자를 구해 이곳으로 데려온 게 분명했다.

그렇다면 여기는 미국일까.

후들거리는 다리를 겨우 일으켜 벽으로 다가갔다.

백색 블라인드를 올려 보니 익숙한 풍광이 보였다. 유명한 쇼핑몰들이 인접한 흥인문로, 동대문 역사공원 주변이었다.

주변 건물들의 위치를 고려해 볼 때 지금 그들이 있는 곳은 동대문 디자인 프라자(DDP)인 듯 했다. 자하 하디드가 설계한 곡선 편향의 건물. 외국인 바이어들이 올 때면 가끔 들러 식사를 하던 곳이다. 하지만 DDP 안에 이런 곳이 있는 줄은 몰랐다. 출구가 어딘지 종잡을 수 없는 방이었다. 방은 전형적인 육면체가 아니라 튜브처럼 벽면이 휘어져 있었다.

유리처럼 반질거리는 벽을 더듬거리며 이음새 부분을 찾았다. 하지만 아무리 찾아도 문처럼 보이는 곳을 찾을 수가 없었다. 포기하려는 순간, 어딘가에서 노크 소리가 들려왔다.

똑. 똑. 똑.

귀를 벽에 대고 소리가 들려오는 곳을 찾았다. 저편에서 누군가 벽을 두드리고 있었다. 문고리는 보이지 않았다. 나직이 읊조렸다. 열어. 명령을 인식하고 문이 열렸다.

"당신은……."

쉽게 다음 말을 이을 수 없었다. 복도에 서 있는 것은 경채와 하형이었다. 진홍이 반응을 보이기도 전에 경채가 안으로 들어왔다. 그는 바닥에 누워 있는 명숙을 중심으로 한 바퀴 실내를 휘돌았다.

"당신들뿐입니까? 박종호 박사는 어디 있죠?"

"박종호······ 박사?"

처음 듣는 이름이었지만 아무 것도 물을 수가 없었다. 진홍의 사고회로는 완전히 정지해 버렸다. 수갑을 찬 민욱을 본 순간.

놀란 건 진홍만이 아니었다. 민욱도 살아 있는 진홍을 보고 도저히 믿지 못하겠다는 표정으로 입을 벌렸다.

"네가 어떻게 여기에······. 너는······."

그의 시선이 누워 있는 명숙에게 향했다. 얼굴이 굳어졌다.

거짓말 같았다. 이렇게 직접 얼굴을 보고 나니 더더욱 와 닿지 않았다. 너무나 익숙하고 친숙한 얼굴이다. 지금 당장이라도 서로의 어깨를 두드리며 밖으로 나가 술을 마실 수 있을 것 같았다.

영겁과 같은 침묵이 두 사람 사이를 오갔다. 민욱의 허리께에는 하형의 권총이 겨냥되어 있었지만 그런 건 전혀 문제되지 않았다. 둘은 서로의 눈을 똑바로 응시했다.

지금까지 알고 지냈던 시간들이 한순간에 허망하게 사라졌다. 이제야 거짓을 걷어낸 민욱의 본 모습이 보였다.

입장은 달랐지만 서로의 눈동자에 담긴 당혹감과 분노, 경악과 어색함, 살의와 같은 다양한 감정의 파장은 지독히 어지러워서 차라리 비슷해 보였다. 진홍은 민욱의 눈동자에 비친 자신의 모습을 보며 지금 그를 죽이고 싶다고 생각하고 있는 자신을 깨달았다.

살인자의 눈 속에 살의를 품은 인간의 그림자가 비쳤다. 살의를 품은 인간의 그림자 안에 그를 처리하지 못해 안달하는 살인자의 눈동자가 빛나고 있었다. 살의와 살의가 양면 거울에 비친 상처럼 무한히 증폭되었다.

진홍이 멈칫한 사이 민욱이 먼저 달려들었다. 총을 들고 있던 하형을 수갑 찬 팔꿈치로 내치고, 돌려차기로 그의 얼굴을 강타했다. 어렸을 때부터 단련한 사람다운 정확한 발차기였다.

"악마 같은 새끼! 살인자. 어머니로도 모자라 그렇게 많은 사람들을 죽이다니, 어떻게 그럴 수 있어? 나한테까지! 네가 도망칠 수 있도록 목숨 걸고 도와준 나한테까지 누명을 씌우려고 들어?"

한번 균형을 잃은 진홍은 속수무책으로 두들겨 맞았다. 손이 수갑으로 묶인 상태였지만 민욱은 두 손을 움켜쥔 채로 진홍의 머리를 난타했다.

죽이려고 들고 있었다.

그러나 맞으면 맞을수록 진홍의 머릿속은 점차 맑아졌다. 그가 무슨 이야기를 하고 있는지 이해는 되지 않았지만 확실한 건 한가지였다.

정말이다.

정말로 이놈이 내 어머니를 죽였다.

리칭칭이 말했던 살인 청탁이 민욱의 의뢰였다.

친구와 살인자. 도저히 믿기지 않았던 두 개의 사실이 지금 민욱의 폭력을 촉매로 서서히 융합되고 있었다. 온몸을 두들기는 타격감이 역설적으로 정서적인 거부감을 부서뜨렸다. 비로소 이해가 되었다.

경채가 끼어들어 싸움을 말리려고 했다. 그러나 하형이 그의 팔목을 잡았다. 하형은 진홍이 무참히 맞는 모습을 가만히 지켜보다가 뚜벅뚜벅 최명숙에게 다가갔다.

최명숙은 갑작스런 소동에 놀라 잠이 깼는지 몸을 일으킨 상태였다. 안대를 한 채 몸을 움찔거리면서 주변의 소리에 귀를 기울이고 있다. 하형은 손에 쥐고 있던 총을 다시 한 번 바라보았다. 마침내 결심을 굳힌 그녀는 RV의 눈을 가리고 있던 안대를 풀었다. 명숙은 눈을 뜨자마자 주위를 두리번거렸다. 유리처럼 반사도가 좋은 벽면에 진홍과 민욱의 모습이 비쳤다.

"너, 뭐하는 거야!"

경채의 외침이 반향을 일으키며 방 안에 울려 퍼졌다.

순간 주먹질이 멈췄다. 민욱은 놀란 표정으로 뒷걸음질 쳤다.

안대를 벗은 최명숙이 다가오고 있었다. 발작하는 사람처럼 눈을 치뜨고 중얼거렸다.

"쥬디지오. 쥬디지오."

진홍과 민욱, 두 사람을 번갈아 바라보더니 한 쪽으로 표적을 정하고 달음질하기 시작했다.

민욱은 뒷걸음질 쳤고 진홍은 재빨리 웃옷을 벗었다. 입술이 찢어져 피가 철철 흐르는데도 진홍은 전혀 머뭇거리지 않았다. 눈을 질끈 감은 채 명숙을 향해 돌격했다.

RV 모드가 된 최명숙이 노리는 것은 이번에도 진홍이었다. 진홍이 웃옷을 머리에 뒤집어씌우자 오히려 번개 같은 속도로 뿌리치고 옷에 달린 소맷자락을 잡아 아들의 목에 감았다.

"으윽!"

외마디 비명소리가 진홍의 입에서 터져 나왔다. 그 순간이었다. 탕! 하형이 가지고 있던 총이 발포되었다. 목에 감긴 천이 느슨해지고 명숙이 쓰러졌다. 명숙은 부들부들 몸을 떨며 거품을 물었다. 연달아 죽음의 위기를 겪었는데도 진홍은 모든 힘을 그러모아 어머니의 몸을 안아 올렸다.

"어…… 엄마. 엄마."

오열하는 그를 저지한 것은 하형이었다. 그녀는 진홍에게 다가가 어깨에 손을 올렸다.

"마취총이에요. 설마 당신만 이걸 사용할 수 있다고 생각한 건 아니겠죠?"

맥을 짚어 보니 명숙은 점차 안정을 찾고 있었다. 하형은 방금 전 벗겼던 안대를 기절한 명숙에게 다시 씌웠다. 진홍이 이를 갈며 말했다.

"당신 미쳤어? 왜 이런 짓을……?"

"확인해야 할 게 있었어요. 서진홍 씨 이것 좀 봐 주시겠어요?"

그녀가 입고 있는 감색 코트 안에서 작은 태블릿 PC가 나왔다. 화면을 몇 번 터치하더니 낯선 시골집의 내부와 외부를 찍은 사진을 진홍에게 보여 준다. 하나같이 끔찍한 사진들이었다. 마당에 늘어선 백골화된 시신들과, 핏자국 난 벽, 피투성이가 된 두 여자. 진홍은 몸서리를 쳤다.

"당장 치워요. 그런 잔인한 사진을 보여 주는 목적이 뭡니까?"

"이곳에서 당신의 지문과 유전자가 발견되었거든요."

그녀가 딱 잘라 말했다. 진홍은 숨을 멈추었다.

"뭐……라고요?"

"다시 한 번 이 사진들을 자세히 봐 주세요."

그녀는 손가락을 움직여 사진을 확대했다. 이번에 진홍은 고개를 돌리지 않았다. 사진 속 집, 그 안에 배치되어 있는 물건들이 눈에 들어왔다. 그는 한참동안 말을 잇지 못했다.

"제가 쓰던 가구와 물건들입니다. 이게 대체?"

피를 뒤집어쓰고 있는 콘솔까지 전부 자신이 오피스텔에서 쓰던 것이었다.

역시 그랬냐는 얼굴로 하형이 고개를 끄덕였다. 그녀의 설명에 따르면 민욱은 진홍이 도주하고 난 후, NIS에서 미행이 따라붙을 것을 예상하고 살인 현장에 진홍의 짐들을 옮겨 두었다.

"하지만 왜 그런 짓을?"

"손가락 살인 사건……. 홍지은이라고 실종된 여학생의 살인범이 바로 이민욱 씨였어요. 수사가 본격적으로 진행되면서 덜미가 잡히기 직전이었는데, 당신을 누명을 뒤집어씌울 희생양으로 생각한 거예요. RV가 당신을 노리고 있었고, 우리도 당신을 추격하고 있었으니까 죄를 뒤집어씌우기엔 최적이었던 거죠.

이민욱 씨는 홍지은뿐만 아니라, 다른 여성들도 살해했습니다."

하형은 계속해서 말했다. 어제 민욱을 미행한 일, 그가 들어간 교외의 외딴 집과 그 안에서 죽어 가던 여자들. 마당과 뒤란에서 발견된 많은 시체. 이민욱이 죽인 것은 최명숙만이 아니었다. 그는 최소 열 명이 넘는 사람들을 살해한 연쇄살인범이었다. 현기증이 일었다.

그러나 결정적인 이야기는 따로 있었다.

"신제아 씨 사건 말인데요……. 그날 밤, 그 사건을 일으킨 건 당신이 아니었어요."

진홍은 귀를 의심했다.

"무슨 말을 하는 거예요? 그 일은…… 내가 저지른 일이에요."

분명 자신이 비비탈을 쓰고 제아를 강간했다. 행동 하나하나가 너무도 선명해 잊히지 않았다.

"아뇨. 그렇지 않아요."

그녀가 고개를 저었다.

"당신은 그때 약물 부작용을 일으켜 벽에 기대 앉아 있었어요. 범행을 막지도 못했지만 가담도 하지 않았죠. 난 그날의 당신의 행동, 당신네들의 행동을 변호해 줄 생각은 눈곱만치도 없어요. 하지만 진실은 당신도 알아야 한다고 생각해요. 당신을 비롯해서 그 자리에 있던 사람들 모두 약에 취해 있었어요. 누군가 일부러 넣은 약 때문이었죠. 그리고 그 비비탈을 쓴 남자는 당신이 아니라 이민욱 씨였어요.

기억을 잘 더듬어 보세요. 분명 이상한 점이 있을 거예요. 유체이탈을 한 것처럼 자기 몸을 멀찍이서 보았다든가……. 범죄 행동이 분명하게 보였다든가. 아니면 아예 그렇지 않든가."

순간 돌덩이처럼 무겁게 가슴을 억누르고 있던 무언가가 부서졌다. 그녀의 말대로였다. 진홍은 당시 자신의 모습을 이상하리만치 객관적으로 기억하고 있었다. 자신이 쓰고 있던 비비탈의 검은 탈보가 흔들리는 모습까지 똑똑히 기억났다. 왜 지금까지 몰랐을까. 탈의 뒤에 붙어 있는 탈보를 탈을 쓴 사람이 어떻게 볼 수 있단 말인가.

"하지만 정말 그렇다면. 왜 제아는 아무 말도……."

"그녀는 당신을 제일 의지했어요. 그러나 당신은 모든 것을 보면서도 손 하나 까닥하지 않았죠. 약물의 부작용 때문이었겠지만 그녀가 어떻게 그 사실을 알 수 있었겠어요? 그저 사무치게 원망할 뿐이었죠. 또 하나, 악마를 불러들인 건 당신이었어요. 오는 길에 풍물패 회원이었던 안민준 씨에게 전화해서 확인해 보니 그날 공연이 끝난 뒤 축하를 해 주려고 이민욱 씨가 왔었다던데요. 맞죠? 그 술자리에요."

진홍은 천천히 고개를 돌려 민욱을 바라보았다.

그랬다.

그때 민욱이 동아리 방에 들렀었다. 워낙 충격적인 사건이 뒤에 일어나 잊고 있었다. 분명 민욱은 맥주 한 박스를 들고 찾아왔었다.

'고생했다. 축하해.'

술을 이미 많이 마셨는지 어딘가 나사가 풀린 얼굴이었다. 민욱은 슬금슬금 술자리에 끼어들더니 무대 의상을 뒤적거리며 평소보다 과장되게 낄낄댔다. 민욱이 가져온 술을 다함께 마셨다. 동아리 사람들이 변한 건 그 후였다. 눈의 초점과 말투가 흐려지더니 행동이 과격해졌다. 본능에 사로잡힌 동물들 같았다. 그때 제아가 들어왔다. 흐릿한 기억 속에 스치듯 떠오르는 얼굴이 있었다. 민욱. 분명 민욱이 그의 옆 자리에 앉아 탈을 머리에 얹고 웃고 있었다.

가만히 이야기를 듣고 있던 민욱이 싸늘한 목소리로 물었다.

"무슨 근거로 그런 말을 하는 겁니까?"

하형은 차가운 시선으로 그를 노려보며 시체들이 발견된 집에서 나온 전리품들을 찍은 사진을 보여 주었다. 물품들 가운데는 7년 전, 최명숙이 갈취당한 가방 안에 있던 통장도 들어 있었다.

"다시 말해서 이 모든 전리품들의 주인이 최명숙 사건도 일으켰다는 의미가 되죠."

민욱이 웃었다.

"그래서 뭐가 어째서요? RV가 진홍이를 죽이려고 한 거 못 봤어요? 쟤가 얼마나 잔인한 놈인지 알 수 있잖아요. 어머니를 죽이고 그 증거까지 전리품으로 보관하다니. 천하의 패륜아. 다시 말하지만 방금 전에 RV가 노린 건 내가 아니었어요."

"예. 그랬죠. 하지만 그거 알아요? 방금 전 당신들 두 사람의 행동을 유심히 지켜봤어요. RV의 행동을 보고 대처하는 방법이 전혀 다르던데요? 서진홍 씨는 RV로 변한 어머니가 자기를 노리는데도 다가서는 반면 당신은…… 최명숙 씨가 RV 모드로 완전히 돌아서기 전부터 뒷걸음질부터 치더군요. 왜 그랬을까요?"

민욱은 허를 찔린 얼굴로 잠시 입을 다물었다. 그제야 경채도 감탄해마지 않았다. 명숙의 안대를 푼 목적은 바로 이것이었다.

"겁이 나서 그랬어요. 전 민간인이지 않습니까? RV들을 만난 적도, 본 적도 없어요. 죽은 사람이 갑자기 이쪽으로 달려오는데 놀라는 게 당연하죠."

민욱의 어조가 더 부드러워졌다. 수갑 찬 손을 가슴께에 갖다 대며 진실하게 호소해 왔다. 하형은 그를 향한 멸시를 숨기기 위해 머리칼을 쓸어 넘기는 척 했다.

"또 하나, 현장에 있던 당신 체모를 가져다 감식을 해 봤어요. 마약을 상습적으로 복용했던데요? 상당히 많은 양이었죠. 병원에 있는 여자들의 몸에서도 같은 성분이 검출되었고요. 서진홍 씨도 우리 NIS 본부에 체류할 때 마약 성분 검사를 받았었는데 모든 결과가 깨끗했어요. 어떻게 설명하실래요?"

"제가 마약을 복용한 건 인정합니다. 하지만 그게 곧 살인범이라는 뜻은 될 수 없잖아요? 진홍이가 사람을 죽이는 일에 약을 사용한 모양인데……. 저는 그거랑 무관합니다."

"당신 체모가 발견된 곳은 전리품 상자 안이었어요. 아주 작은 눈썹 하나였죠. 만약 당신이 진술한 대로 어제 처음 그곳에 갔고, 다친 여자들을 발견한 거라면 외진 곳에 숨겨져 있던 전리품 상자 안에서 눈썹이 나온 걸 어떻게 설명하실 거죠?"

민욱은 두 손을 얼굴에 갖다 댔다. 마치 깨진 가면을 쓰기라도 한 듯 손가락 틈으로 짐승같이 날카로운 눈이 보였다. 이빨을 내보이며 웃고 있었다.

이렇게 된 이상 위선을 떨 이유도, 조리에 맞지 않는 말을 늘어놓을 필요도 없다. 사소한 장난이 탄로 났을 때처럼 스스럼없는 태도였다. 민욱은 요원들과 진홍을 업신여기는 시선으로 바라보았다. 오랫동안 본색을 숨겨 온 자가 가질 수 있는 방자한 눈빛이었다.

그의 얼굴에 드러난 명명백백한 자백을 읽으며 하형은 냉랭하게 웃었다.

현장에서 민욱의 체모 같은 건 나오지 않았다. 반응을 보려고 보탰던 미끼였다. 그러나 그는 걸려들었고, 가식의 탈을 벗었다.

"맞아. 다 내가 죽였어."

진홍은 민욱을 다시 바라보았다. 낯설었다. 너무도 낯설었다. 그의 말투에서는 어떠한 악의도 죄책감도 느껴지지 않았다. 무서운 진실을 가볍고 산뜻하게 인정하는 태도를 가진 인간을 지금껏 친구로 삼고 있었다니.

연쇄살인범. 함께 리포트를 쓰고, 술을 마시고, 회사를 개업하고, 야근을 하던 친구가 살인범이었다. 글씨를 말끔하게 쓰고, 농담을 잘 던지며, 술자리를 주도하던 민욱이 재미삼아 연약한 여성들을 상습적으로 살해했다. 가끔씩 그의 이기심과 자기중심성이 섬뜩할 때가 있었지만 부모에게 인정받지 못해 생긴 마음의 상처라고, 알고 보면 불쌍한 녀석이라고 감쌀 때가 많았다. 결국 인간관계라고 하는 것은 자기 편의의 일방적 착각에 불과한 것일까.

오만한 자비심이었다.

"그럼 정말로 네가…… 네가 우리 어머니를 죽였단 말이지?"

진홍이 물었다. 민욱은 수갑을 찬 손으로 턱을 어루만졌다.

"그때 우리가 망하기 직전이었던 거 기억나지? 좀 크게 생각해 봐. 결과적으로 다 괜찮아졌잖아. 네 어머니도 살아났고, 회사도 살아났고 말이야."

……그러니까 과거는 대충 넘어 가자.

죄의식이 결락된 변명이었다. 학창시절 교사들에게 담배 피우는 현장을 들켰을 때도 저런 표정을 지었다. 내가 뭘 잘못한 게 있느냐는 표정. 니들도 담배 피우지 않느냐는 표정.

맞은 얼굴이 욱신거렸다. 찢어진 입술에서 흘러내린 피가 방울져 바닥에 떨어졌다.

그동안 고통 받았던 밤들과 자책으로 보냈던 시간들이 비로소 공격의 대상을 찾았다. 그런데도 쉽사리 분노를 퍼부을 수 없었다.

이제까지 한 번도 그런 식으로 살아오지 못했었다. 그의 어머니 최명숙은 아들을 그렇게 양육하지 않았다. 남을 때리지 말라고 가르쳤고, 피해를 주지 말라고 가르쳤었다. 덕분에 진홍은 어머니를 죽인 진범을 눈앞에 두고도 바보처럼 우두커니 서 있을 뿐이었다. 진범을 찾으면 직접 죽여 버릴 거라고 이를 갈았던 수많은 밤들이 무색하게 막상 범인을 만나니 아무 것도 할 수 없었다. 어머니의 훈계는 사후에도 하얀색 크레파스처럼 보이지 않는 방식으로 아들의 행동을 제어하고 있었다.

또한 진홍은 눈앞에 서 있는 한 살인자의 사고방식에 대해 뼛속 깊이 절망하고 있었다. 사람을 죽였는데도 가책이 없다. 그게 뭐 어쨌냐는 눈으로 쏘아보며 히죽거리고 있다. 이런 인간에게 주먹질을 해 봤자 무엇을 얻을 수 있을까. 벽을 치는 것과 같다. 설령 민욱을 감옥에 보내고 사형을 시킨다고 해도 그는 결코 어머니를 죽인 일에 대해서 반성하지 않을 것이 분명했다.

소용돌이치는 마음을 애써 억누르며 진홍은 두 사람에게 물었다.

"그러면 당신들이 우리를 구해 준 건가요? 그 박사인지 누군지를 만나기 위해서?"

"구해요?"

경채가 영문을 모르겠다는 얼굴로 물었다.

"우리가 바다에 빠졌을 때……. 건져서 이곳으로 데려왔냐고요."

"바다라뇨?"

하형도 전혀 알지 못한다는 얼굴이었다. 진홍은 마치 자신이 꿈을 꾼 것이 아닌가 하는 생각이 들었다. 바다 위에서 일어났던 일들이 환각처럼 느껴졌다.

"오늘 며칠이죠?"

"11월 27일이에요."

"몇 시?"

"오후 1시가 조금 넘었습니다."

바다에서 들었던 기러기들의 울음소리가 생생이 귓전에 들려왔다. 정말로 오늘이 11월 27일이라면 그 일들은 모두 오늘 아침에 일어난 일들이었다. 중국 밀항, 헬기와 CIA, 하늘을 향해 치솟아 오르던 물줄기.

도대체 무엇으로 이동을 했기에 그 짧은 시간에 다시 서울로 돌아올 수 있었을까. 의식을 잃은 진홍과 명숙을 누가 이동시켰단 말인가.

"우리가 여기 있다는 사실은 어떻게 알았죠?"

"알려 준 사람이 있었어요."

이곳의 위치와 약속 시간이 적혀 있는 메모를 내밀며 경채가 말했다.

"알려 줬다고요? 대체 누가……."

중국 밀항이 실패할 거라는 사실, CIA에게 쫓기게 될 거라는 사실, 당사자인 진홍도 오늘 아침에서야 알게 된 일들이었다. 두 사람을 죽이라고 청부했던 민욱도 깜짝 놀라지 않았던가.

메시지를 보낸 사람은 누굴까? 어떻게 이토록 전지하게 모든 상황을 꿰뚫어 보고 계획했을까. 그는 심지어 CIA의 작전이 실패할 것도 예상했다.

아무리 생각해 봐도 진홍과 명숙을 이곳으로 데려온 것도 역시 그 사람이다. 메모에 적혀 있는 정확한 장소. 정확한 시간에.

"박종우 박사라고 했던가요?"

"종우가 아니라 종호. 박종호 박사예요."

경채가 품속에서 메모를 꺼내 건네주었다.

"당신들이 만나려고 했던 사람이 그 사람인가요? 이 메모를 보낸 사람도? 그분이 우리가 여기 있을 거라고 했어요?"

경채가 고개를 끄덕이며 인정했다.

"이민욱 씨를 데려오는 게 조건이었죠."

진홍은 메모를 하염없이 내려다보았다. 대체 왜 박종호 박사는 이런 만남을 주선한 것이고, 저들은 위험을 감수하면서까지 피의자를 데리고 여기까지 온 것일까.

민욱은 누워 있는 명숙을 힐끔거리며 불안해하고 있었다. 자신이 죽였던 사람이다. 방금 전 진홍을 노리기는 했지만 언제 기억을 되살리고 달려들지 모른다.

그 모습을 보고 진홍도 정신이 들었다. 진범은 이민욱이다. RV인 어머니는 오작동을 일으켜 그를 죽이지 않게 되었다. 그리고 박종호 박사는 이민욱과 최명숙을 불러들였다. 이제야 전모를 이해할 수 있었다.

"창조자였군요. 박종호 박사가 모든 RVP를 일으킨 장본인이었어요. 맞죠?"

진홍이 물었다. 박종호 박사는 자신의 만들어낸 RV에게 오류가 있음을 깨닫고 그 오류를 수정하기 위해 직접 나선 것이다. 그래서 요원들을 시켜 진범 이민욱을 데려오게 했고, 서해 바다에서 최명숙과 서진홍을 찾아 이동시키기까지 했다.

"맞습니다."

경채가 긍정했다.

진홍은 주변을 둘러보았다. 어딘가. 어딘가에 이 안의 상황을 지켜보는 CCTV가 있을 게 분명하다. 박사는 어딘가에서 모든 상황을 용의주도하게 관찰하고 있다. 진홍이 벽을 세심하게 확인하기 시작하자 경채도 함께 방 안을 수색했다. 하형은 민욱에게 권총을 겨누고 허튼 짓을 하지 못하게 감시했다.

방 안을 살피는 동안 진홍은 박종호 박사에 대한 이야기를 들었다. 아들을 잃었던 개인적인 비극과 그로 인해 탄생한 프로젝트. '완전한 심판'이라 별칭되던 SSS에 관해서도, 그것이 수포로 돌아간 정황도. RVP는 SSS가 폐기된 후 나타난 현상이었다. RVP는 SSS 그 자체일 수 있다.

전말을 들은 진홍은 분노를 터트렸다.

"기가 막히군요. 피해자를 살인자로 만드는 게 어떻게 완전한 심판이 될 수 있죠? 또 다른 범죄만 양산할 뿐이에요."

요원들은 아무 말이 없었다. 그저 침묵으로 긍정의 뜻을 표할 뿐이었다.

오랫동안 꼼꼼히 찾아보았지만 카메라는커녕 도청장치도 찾을 수 없었다. 진홍은 곧 수색을 멈추었다. 그리고 천천히 방의 중앙에 누워 있는 어머니를 바라보았다.

박사는 오늘 약속한 시간에 진홍 모자를 이곳에 데려오겠다는 메모를 국정원 요원에게 보냈다. 두 사람이 언제 어디에 있든 그 모든 것을 감지할 수 있었다는 뜻이다.

어떻게 그럴 수 있었을까.

그가 창조한 RV에 감시 장치가 장착되어 있었던 거라고 생각하는 게 온당하다. 은거하는 중에도 명숙이 잘못된 수행을 하고 있다는 걸 감지할 수 있었던 것도 그래서였다. RV 내부에 장착된 장비로 주변 모든 상황을 관찰하고 있다. 오늘 오전 서해 바다 위에서 진홍이 겪었던 위험도 모두 알고 있었으리라.

진홍은 자신이 생각한 가설을 경채에게 말해 보았다. 경채도 고개를 끄덕이며 덧붙였다.

"혹시 RV에 공간 이동 장치도 있을까요?"

어처구니없다는 생각이 들었지만 질문이 나온 맥락을 진홍은 충분히 이해했다. 진홍 모자가 서해 바다에서 갑자기 홍인지문에 나타날 수 있었던 건 마법 같은 일이었다. 순간 이동 기술이 사용되었다면 RV가 역할을 끝낸 뒤 빛을 내며 소멸하는 일도 설명이 된다.

진홍은 자기가 겪지 않았다면 절대로 인정하지 않았을 말을 했다.

"맞아요. 그렇겠네요. 하지만 어떻게……."

박종호 박사는 대체 어떻게 이 모든 일들을 가능하게 했을까. 하형이 말을 받았다.

"SSS는 분명 미국의 최첨단 인공지능 연구와 연계되어 있었을 거예요. 죽은 사람이 살아나고, 공간 이동이 가능하고 그 모든 갑작스러운 기술적 도약이 가능했던 걸 감안하면 어쩌면……."

설마. 진홍은 온몸에 소름이 끼치는 기분을 맛보았다.

"특이점을 넘어선 인공지능이 개발되었다는 뜻입니까?"

"가능성이 있다는 거예요."

컴퓨터 연산능력과 과학기술이 발달하면 인공지능은 점차 똑똑해져서 스스로 더 뛰어난 단계의 인공지능을 개발할 수 있게 된다. 더 뛰어난 단계의 인공지능은 또 다시 다음 단계의 인공지능을 만들고 이런 과정이 무한히 반복되면서 무서울 정도로 기술적 진보를 이루게 되는 시점을 AI(Artificial Intelligence)의 기술적 특이점이라고 불렀다.

대체 RV는 무엇인가.

RVP는 정말로 AI 기술 발전의 도움을 받아 탄생한 21세기적 마법일까.

경찰도 정보 요원들도 포기한 전 세계적 미제 사건들을 밝히고 진범을 처단했던 일도 AI와 연관이 있을까. 하필 우리 어머니 일에는 문제를 일으킨 거지?

정신을 잃고 잠들어 있는 명숙에게 다가가며 진홍은 생각했다.

그는 어머니의 귀에 대고 직접 호소했다. 박사가 듣고 있으리라는 확신이 있었다.

"박종호 박사님. 지금 듣고 있습니까? 저는 당신이 일으킨 RVP 때문에 큰 곤욕을 치렀어요. 살인자의 누명을 썼고, 회사도 포기했고, 수차례 목숨을 잃을 위기를 겪었어요.

진보한 형벌 체계를 만들기 위해서 고심한 분이시라고 하던데, 그런 분이라면 그동안 제가 겪었던 일들에 대해서도 최소한의 책임을 느끼고 계시리라 생각합니다. 저를 만나 주세요. 당신과 직접 만나 할 이야기가 있습니다."

박사가 명숙의 내부에 설치된 카메라와 도청장치로 모든 상황을 주시하고 있다면 명숙이 민욱을 처리하는 즉시 명숙을 소멸시킬 것이다. 지금도 RV의 소멸 버튼을 쥐고 시기를 가늠하고 있는지 모른다.

아무리 수많은 인간을 죽인 범인이라도 진홍은 민욱이 명숙의 손에서 심판을 받는 모습을 보고 싶지 않았다. 명숙을 또다시 살인자로 만들고 싶지 않았다. 어머니의 발작을 어떻게든 치료해서 같이 지내고 싶었다. 명숙이 말한 대로 좋은 신부를 찾아 결혼을 하고, 어머니의 품에 손자들을 안겨 드리고 싶다. 명숙이 꼬물거리는 아기들을 보며 웃음 짓게 만들고 싶었다. 그녀가 맛있는 요리를 많이 먹고 좋은 옷을 입고, 행복하게 사는 모습을 보고 싶었다. 그러다 예정된 생명이 끝나는 날이 오면 그때 비로소 보내 드리고 싶었다.

RV가 진짜 어머니가 아니라 해도 그렇게 하고 싶었다.

진홍에게는 확신이 있었다. 박사는 똑같이 범죄자에게 가족을 잃었던 사람이다. 같은 아픔을 겪었던 사람이라면 이 애끓는 소원을 결코 외면하지 않을 것이다.

이야기가 끝나자 명숙은 고요히 깨어났다. 곁에 서 있는 아들의 어깨를 잡고 부스스 몸을 일으켰다. 조종당하는 인형처럼 텅 빈 느낌을 주는 움직임이었다. 명숙은 음성인식 문을 열고 비척비척 복도를 걸어 바깥으로 나갔다. 그리고 마치 따라오라는 듯 뒤를 돌아보았다.

디자인 프라자 4층 스카이라운지에는 부모를 따라 나온 아이들이 밝은 웃음을 지으며 체험관에 전시된 물품들을 바라보고 있었다. 수갑을 찬 연쇄살인범과 그를 감시하는 요원들과 RV의 그림자가 비치고 있는 것도 모르고 전시창에 코를 박고 서 있다.

명숙은 엘리베이터도 이용하지 않았다. 비상계단을 통해 아래로 내려가다가 박물관을 지나고 도서관을 거쳐 로비로 나왔다.

초겨울 햇살이 따사롭게 세상을 비추고 있었다. 주말이라 가족 단위로 나온 사람들이 많았다. 디자인 플라자와 연결된 역사공원에는 솜사탕이나 아이스크림, 풍선을 파는 행인들이 나와 있었다. 하형과 경채는 혹시라도 민욱이 돌발행동을 할 것을 우려해 양쪽에서 팔짱을 끼고 이동했다.

유구 전시관 쪽으로 난 소나무 가로수를 걸을 때였다. 노란색 헬륨 풍선을 오른 손목에 감은 아이가 갑자기 튀어나왔다. 아이는 양손에 소프트 아이스크림을 들고 있었다. 명숙은 기다렸다는 얼굴로 아이의 앞에서 멈췄다. 아이가 명숙에게 아이스크림을 하나 넘겨주었다. 두 사람은 손을 잡은 채 공원을 걷기 시작했다.

하형과 경채는 서로 얼굴을 마주 보았다.

지민이었다. 여전히 여름옷을 입고 있었지만 어젯밤과 달리 혈색이 넘쳤다.

"저 아이는 누구죠? 이 쌀쌀한 날씨에 왜 한여름 옷을 입고 있는 거죠?"

"지민이에요. 박종호 박사의 죽은 아들이죠. RV예요."

"하지만 아무리 그렇다고 해도……. 저렇게 여름옷을 입혀 두면 사람들이 이상하게 생각할 텐데."

진홍의 말을 듣고 경채도 피식 웃었다.

"예. 저도 처음에는 당신처럼 생각했어요. 하지만 주위를 한번 둘러보세요. 공원에 있는 사람들 중 누구도 저 아이를 주목하고 있지 않아요."

진홍은 어머니 말고 다른 RV를 본 적이 없었다. 그래서 찬찬히 아이의 모습을 뜯어보았다.

어른 허리께에 올 정도의 키와 귀여운 이목구비, 천진한 표정까지 가슴이 아릴 정도로 사랑스러운 아이였다. 이런 아이를 잃었을 때 박사가 받았을 충격이 어떠했을지 짐작하고도 남았다.

아이스크림을 다 먹은 지민이 뒤를 돌아보았다. 그리고 손을 내밀었다. 풍선이 감겨 있는 손이었다. 진홍은 바투 다가가 손을 잡았다. 어른 두 사람 사이에서 지민은 그네를 타듯 땅을 찼다. 점점 강도가 세지더니 나중에는 진홍의 어깨까지 올 만큼 크게 뛰어 올랐다.

서해 바다와 달리 서울의 하늘은 구름 한 점 없이 맑았다.

"저기……"

지민은 손가락으로 공원 한구석에 놓인 벤치를 가리켰다. 그곳에는 가족 한 쌍이 앉아 도시락을 먹고 있었다.

"안 돼. 사람들이 앉아 있잖아."

지민의 뜻을 알아채고 진홍이 고개를 저었다.

"괜……찮아."

지민이 다시 한 번 벤치를 가리켰다.

벤치의 가족들은 모두 점심을 먹고 도시락을 치우는 중이었다. 진홍이 벤치에 닿을 때쯤 모두 짐을 챙겨 다른 곳으로 갔다.

세 사람은 벤치에 앉았다. 뒤따라오던 경채와 하형, 민욱은 벤치의 뒤로 가서 섰다. 진홍은 주변을 살펴보았다. 지민이 여기에 앉았다는 것은 곧 박사가 모습을 드러낸다는 뜻이리라.

"아냐."

벤치 위에서 물장구치듯 다리를 휘적대던 지민이 뜬금없이 말했다.

"뭐라고?"

"나는 여기에 있어."

말투가 바뀌어 있었다. 눈빛도 바뀌었다. 더 이상 어린 아이의 눈빛이 아니다.

박사였다. 어딘가에서 아들을 통해 이야기하고 있는 것이다. 더욱 놀라운 것은 그가 진흥의 생각을 읽었다는 것이다.

지민은 손목에 매고 있던 풍선의 실을 풀었다. 샛노란 풍선이 두둥실 하늘을 향해 떠올랐다. 쪽빛 하늘을 배경으로 풍선이 사라지는 모습을 진흥은 아득하게 바라보았다.

"조선시대 어숙권이라는 사람이 지은 『패관잡기』라는 책이 있어. 그 책에는 죽은 사람을 살리는 방법이 나와."

일곱 살 어린 아이의 입에서 어른의 말이 흘러나오고 있었다. 진흥의 뒤에 서 있던 요원들도 지민을 통해 박사와 접선하게 되었다는 것을 깨닫고 바짝 다가왔다. 지민은 계속해서 말을 했다.

"급사한 사람의 약지 손가락을 따서 나온 피로 이마에 글자를 써넣는 거야. 귀. 그러니까 귀신 귀(鬼)자를 써넣으면 떠나갔던 영혼이 죽은 육신으로 돌아온다는 거지. 어떻게 생각해?"

단순한 옛날 이야기였다. 글자 따위로 사람의 생명을 좌우지한다니, 허무맹랑하다.

그런 진흥의 생각을 읽었는지 지민은 턱을 괴고 가볍게 머리를 흔들었다.

"그래? 자네 생각은 그렇군. 난 바로 그 점이 놀랍다고 생각했어. 글자로 사람을 환생시킨다는 거. 죽은 인간이 부활한다는 거. 현실에서는 분명 불가능한 일이지만 이야기 속에서라면 충분히 가능하지. 이야기의 뼈와 살은 언어이니까. 글자는 신묘한 주물(呪物)이 되어 사자(死者)를 되살릴 수 있어."

왜 갑자기 이야기 타령을 하는 걸까. RV 소생술의 비결이 이야기에 있다는 뜻일까.

"인간만 영혼을 가진 게 아니야. '이야기'도 인간처럼 각기 영혼과 생명력을 지니고 있지. 아무리 터무니없는 이야기라도 일단 뼈대가 서고 작동되기 시작하면 그럴 듯하게 진행돼. 도저히 있을 수 없는 괴상한 이야기도 천연덕스럽게. 꿈결처럼 말이야. 죽은 사람이 되살아나도 이상하게 여겨지지 않고, 어린 아이라도 얼마든지 어른처럼 말할 수 있지."

박사는 두 팔을 벌리면서 물었다.

"이 세상을 봐. 아름답지?"

맞은편 벤치에는 연인이 공원에 앉은 비둘기들에게 모이를 주고 있었다. 눈부시게 하얀 깃털을 가진 새들이 포석 사이사이에 부리를 디밀고 배를 채웠다. 연인은 작은 생명체들에 둘러싸여 청춘의 여흥을 즐기고 있었다.

그들 뒤에는 부모와 함께 나온 아이들이 평온한 한때를 누리고 있었다. 조르주 쇠라의 풍경화처럼 모든 정경이 나른하고 편안해 보였다.

"문제는 이 아름다움이 위협을 받고 있다는 거야. 괴상한 인간들이 늘어나고 있어. 인간으로서의 갖추어야 기본적인 소양을 획득하지 못한 야수들이지. 나는 그들을 고깃덩어리라고 부르기를 즐겨.

범죄자라고 해서 모두 같은 범죄자든가?

아니야.

인간인 범죄자가 있는가 하면 인간의 탈을 쓴 범죄자가 있어. 관심과 지원을 해 주면 개심하고 갱생의 삶을 살 수 있는 사람들도 있지만 아무리 시간을 들이고 인력을 투입해도 바뀌는 것이 불가능한 부류가 있어.

처음부터 인간으로서의 어떤 것이 결여된 생물체들이야. 타인이 자신과 같은 인간이라는 걸 몰라. 남의 입장을 생각할 수 없어. 내 이익이나 쾌락에 눈이 멀어서 다른 사람들을 낮춰 보지. 죽을 날까지 삶의 본질이 무엇인지 깨닫지 못하다가 짐승으로 숨을 거두는 거야."

지민은 벤치 뒤에 서 있는 민욱을 돌아보았다.

꼬마의 이야기에 귀 기울이고 있던 민욱은 코웃음을 쳤다. 요원들이 두 팔을 붙들지 않았다면 금방이라도 어린아이의 목을 졸라 버렸을지도 모른다.

"그런 인간들을 위해서라도 형벌도 진보해야 해."

진홍은 미간을 찌푸렸다.

"당신이 생각한 새로운 형벌 제도. 죽은 사람을 되살려서 가해자를 심판하게 만드는 것 말입니다. 그게 과연 진보한 방법이라고 할 수 있을까요? 죽은 사람들이 그걸 원했습니까? 그들이 가해자를 죽이고 싶다고 하던가요? 저희 어머니는 그런 사람이 아니었어요. 범죄자에게 잔인하게 살해당했지만 어머니는 결코 자신이 살인자가 되어 그를 죽이길 원하지는 않았을 거예요. 당신이 완성해 낸 SSS는 죽은 자의 존엄성을 심각하게 훼손했습니다."

"죽은 자의 존엄성을 해쳤다고?"

아주 흥미로운 농담을 들은 사람처럼 지민이 웃었다.

"화를 내고 있는 거야? 돌아가신 어머니를 대신해서?"

아이의 웃음은 오랫동안 지속되었다.

웃음을 그친 지민은 속사포처럼 말을 이었다. SSS에 대한 변명을 할 거라고 생각했는데 아니었다. 아이는 민욱이 지금까지 저지른 살인들을 조목조목 설명하기 시작했다.

그가 죽인 사람들은 가출한 학생들, 가족이 없는 여자들로 실종되어도 드러나지 않을 무연고의 존재들이었다. 그녀들에게 약을 먹여 취하게 만든 후 자신의 아지트로 데려가 유린하고 살해했다. 끔찍하기 이를 데 없는 살해 방식으로 신체를 훼손하고 학대했다. 그의 아지트 앞마당에는 아직도 매장된 시체들이 있고, 근처 야산에서도 추가 발굴될 시체가 있다고 박사는 말했다. 도대체 그 모든 것들을 어떻게 알고 있었느냐고 묻고 싶을 정도로 상세한 묘사였다.

화창한 날. 순진하기 이를 데 없는 아이의 입에서 지금껏 가려져 있던 죄악의 잔혹한 면면이 고발되었다. 뉴스에서 어렵지 않게 들을 수 있었고, 듣고 넘겼던 이야기들과 유사했다. 사람이 사람을 죽이는. 하지만 이번처럼 그 엄연한 죄과들에 두려워 떨기는 처음이었다.

지금 말을 하고 있는 소년은 이미 과거에 한번 사라졌던 아이였다. 복숭아처럼 붉은 볼과 반짝이는 눈동자를 가진 이 아이를 누군가 죽였다.

무서웠을 것이다. 고통스러웠을 것이다. 간절하게 부모를 부르며 눈물 흘렸을 것이다. 어머니가 죽던 때의 기억을 가지고 있는 진홍은 그 고통이 어떠했을지 짐작하고도 남았다.

아이가 말하는 피해자들의 이야기도 남의 일처럼 들리지 않았다. 만약 진홍이 조금만 빨리 민욱의 이상심리를 눈치 챘다면 그들은 죽지 않았을 것이다. 제아도 지켜줄 수 있었을 것이다. 가장 가까이에서 오랜 시간 지내면서도 어떻게 민욱의 본 모습을 눈치 채지 못했을까.

번민에 빠진 진홍과 달리 민욱은 웃고 있었다. 자신이 일궈낸 업적을 평가받는 사람 같았다. 의기양양한 표정을 지으며 우월감에 빠져 있었다.

더는 못 참겠다는 듯 끼어들기까지 했다.

"너도 느껴 봤어야 해."

깜짝 놀랄 정도로 흥분된 목소리였다.

"내가 느꼈던 것이 어떤 쾌락인지 너도 맛보았어야 해. 응? 진홍

아. 최고야. 죽어 가는 여자들을 안는 것은 그냥 여자들을 안는 것과는 전혀 달라. 내가 여자들을 잔인하게 죽였다고? 흥. 천만의 말씀. 나는 언제나 자비로웠어. 내 손에서 최후를 맞이한 여자들은 최고의 쾌락을 맛보았어, 그녀들이 평생 살아도 느끼지 못했을 열락이었다고.

어차피 성적 쾌감이란 자극을 줘서 질 근육을 경련시키는 것뿐이야. 나는 그녀들이 오르가즘에 도달하는 순간, 모든 뇌세포에 옥시토신이 퍼지는 그 순간에 죽음을 하사함으로써 온몸의 근육을 보다 오래 경직되게 만들었어. 순도 높은 마약을 최대치로 사용해 환희를 지속시켰고, 고통은 줄여 주었지. 살아 있는 상태에서 팔 다리를 자른 것? 그건 전희였어. 인간의 몸은 신비로워서 심각하게 훼손된 상태에 이르면 엔돌핀을 분비하니까."

민욱은 낄낄댔다. 술에 취한 사람처럼 눈이 풀려 있다.

"이런 이야기를 진작부터 할 수 있었다면 얼마나 좋았을까. 그럼 너도 같이 즐겼을 거 아냐? 정말 아쉬워. 내가 감옥에 가게 되어서 아쉽다는 게 아니야. 난 이미 인간이 누릴 수 있는 최상의 쾌락을 맛보았어. 돈도 여자도 쾌락도. 감옥에서 몇 년 지낸다고 해도 내 가슴에 새겨진 쾌락의 추억들은 소중하게 남아 있을 거야.

내가 아쉬워하는 건 너야. 너는 지금까지 아무 것도 모른 채 살아왔어. 앞으로도 평생 지루하게 보내겠지. 지고의 육락이 있다는 걸 모르고, 마약 같은 환희가 존재한다는 걸 모르고. 너랑 한 번만 일을 치렀다면 좋았을 텐데. 그럼 너는 그런 눈으로 나를 바라보지 않았을 거야. 오히려 감사했을걸. 고작 어머니를 죽인 일 가지고 트집 잡지도 않았을 거고. 어쩌면 진정한 파트너가 되었을지도 몰라. 니가 한 번만, 딱 한 번만 내 방식대로 여자를 안았더라면……."

너무도 충격적인 말이라서일까. 민욱의 목소리가 울림 효과를 넣은 양 도드라져 들렸다.

"고작 어머니를 죽인 일이라고?"

"말꼬리 잡고 늘어지지 마. 내 말은 상식을 벗어나면 훨씬 더 놀라운 세계가 존재한다는 거야."

민욱이 반걸음 뒤로 물러섰다. 진홍은 죽을힘을 다해 감정을 억누르려 했지만 잘 되지 않았다. 두 손이 부들부들 떨리고 있었다.

옆에서는 지민이 두 눈을 크게 뜨고 진홍의 내면에서 벌어지고 있는 감정의 격랑을 흥미롭다는 듯 지켜보고 있었다.

박사는 물었다.

"역시 저 친구도 교화의 가능성이 전혀 없는 고깃덩어리군. 그를 위해서 세금을 낼 의사가 있나? 그에게 따뜻한 밥을 먹여 주고, 쉴 곳을 주고, 유유자적 살게 해 주고 싶은가 말이야. 자네도 알다시피 사형제는 사실상 폐지되었어. 교도소는 흉악범들의 노후를 보장하는 안락한 공동체로 전락했고 말이야.

잔혹한 범죄자들을 모아두고 언젠가는 교화되겠지 하고 하염없이 기다리는 꼴이라니. 인간이 역사를 통해 도달한 최고 형벌의 선(善)이 고작 그런 거라니. 여신 유스티티아(Justitia)가 보았다면 격노하셨을 일이야."

진홍은 심호흡을 했다.

박종호와 진홍 사이에는 큰 공통점이 있었다. 두 사람은 똑같은 마음의 상처를 가지고 있었다. 씻으려 해도 씻을 수도 없고, 잊으려 해야 잊을 수 없으며 극복하지도 못할 고통을 평생 지고 살아야 한다. 영혼에 아로새겨진 아픔은 지옥으로 통하는 창(窓)처럼 온갖 부정적인 감정들을 끌어들였다. 해결할 길 없는 분노와 살의, 우울감과 무력감, 그리고 영원한 자책.

진홍은 심정적으로는 이미 박종호 박사에게 기울어 있었다. 지금이라도 어머니의 눈가리개를 떼고 민욱과 대면시키고 싶다는 유혹이 손끝을 흥분시키고 있었다. 박사가 진범을 인정했다면 오류는 시정되었을 가능성이 크다.

저런 놈은 죽어야 한다고.

"그래서 당신이 생각한 최고 형벌의 선(善)이라는 건 대체 뭐였죠? SSS, 아니 RVP를 실행하고 만족을 얻었나요? 아들이 죽임당한 상처에서 해방될 수 있었냐고요? 허울 좋은 명분을 내세우며 다른 사람들을 살해한 범죄자들과 당신은 뭐가 다르죠? 희생자가 범죄자였다는 것만 다를 뿐이지 당신도 결국 연쇄 살인범 아닙니까?"

지민은 무엇이 즐거운지 웃고만 있었다.

"SSS가 RVP와 같다고 생각하고 있군. 둘은 전혀 다른데 말이야."

"다르다고요?"

지민은 벤치에서 일어나 민욱에게 다가갔다. 민욱은 꼬마가 다가오자 경계하는 눈초리로 노려보았다.

"내가 생각한 최고 형벌의 선이 무엇이냐고 물었었지? 아들을 잃고 번민하고 또 번민하던 어느 날 찢어지는 가슴을 안고 묘지를 하염없이 서성이다가 돌연 깨우쳤어. 최고의 형벌이 무엇인지."

박사는 잠시 사이를 두었다가 말을 이었다.

"최고의 형벌은 사랑이야. 그건 너무나도 간단한 거였어. 괴로워야 할 건 내가 아니잖아. 죄를 지은 장본인이지. 최고의 형벌이 무어냐고? 그건 죄인에게 사랑을 깨닫게 하는 거야. 피해자를 향한 불타는 사랑 말이야."

진홍은 귀를 의심하지 않을 수 없었다. 연구나 예술처럼 평생을 단절된 환경 속에서 보낸 천재들은 간혹 자기 세계에 빠져 미치는 경우가 있다. 박사도 그런 경우 같았다. 그는 미쳤다.

지민은 벤치에 앉아 다리를 달랑거리며 이야기를 계속했다.

"가족을 잃은 사람들이 어떤 상처를 입었는지, 피해자가 얼마나 고통스러워했는지 그 사람들의 입장에서 생각하게 하는 것. 그건 결코 종교의 교리처럼 낭만적인 게 아니야. 가장 진보한 형벌이 갖춰야 할 요건이지. 완전한 교화와 잔혹한 징벌 두 가지를 동시에 만족시키는 시스템. 내가 완성한 건 그런 거였어."

창조자가 미쳤다고 생각하고 나니, 어머니가 오작동을 하는 것도 이해가 되었다. 실낱같은 희망이 끊어지는 것만 같았다. 어머니를 낫게 할 방법은 완전히 사라졌는지도 모른다. 박종호 박사가 원하는 정의란 탈리오의 법칙처럼 목숨을 앗아간 자에게 목숨으로 갚게끔 하는 것이었다. 박사는 다른 사이코패스들과 마찬가지로 독선과

이기심에 빠져 있다. 아들을 죽인 범죄자를 원망하며 평생을 보내다가 마침내 살인에 동화해 버린 것이다. 그는 피에 굶주려 있다. 범죄자들의 피에. 민욱이 죽는 모습을 볼 때까지 그는 물러서지 않을 것이다.

침착하자. 침착해야 해.

진홍은 머리를 굴렸다. 어떻게든 박사를 잘 구슬려 원하는 것을 손에 넣어야 한다. 기회는 두 번 다시 오지 않을 것이다. 진홍은 가만히 지민의 손을 잡았다.

이제 거래를 할 시간이었다.

'제 생각이 들리죠?'

지민은 이야기를 하다 말고 진홍의 눈을 바라보았다.

'당신이 원하는 대로 해 드리죠. 정의를 실현하도록 해요.'

"어떤 식으로 말이지?"

지민이 물었다. 벤치 뒤에 있던 요원들은 두 사람 사이에 오가는 눈빛과 반쪽 대화를 따라잡을 수 없었다. 경채와 하형의 안색이 어두워졌다.

'어머니를 살인자로 만들 수는 없습니다. 어머니 손으로 피를 묻히는 것은 볼 수 없어요. 그러니……'

진홍의 제안은 간단했다.

어머니 대신 자신이 민욱을 처단할 테니, 어머니의 RV 상태를 해제하여 달라는 것이었다. 박사는 아무 말도 하지 않은 채 진홍을 바라보았다.

"그래도 괜찮겠나?"

'어차피 죽어 마땅한 인간 아닙니까?'

"살인은 간단한 문제가 아니야. 한번 죄를 저지르고 나면 인간의 정신은 돌이킬 수 없는 손상을 입게 돼. 나는 자네를 아끼네. 자네가 망가지는 모습은 보고 싶지 않아. 그냥 내 방식대로 하는 게 어떻겠나? 아니면 그래, 저들의 방식대로 해도 좋지."

박사는 요원들 쪽을 턱짓으로 가리키며 말했다.

"자네가 그동안 고생을 했으니까 특별히 용인해 주는 거야. 친구를 이대로 교도소로 보내도 좋아. 둘 중에 하나를 택하면 나는 자네 어머니를 정상으로 만들어 주겠네."

진홍은 놀랐다. 박사가 이런 식으로 나올 거라고는 전혀 예상하지 못했다.

박사에게 했던 제안이 고스란히 다시 넘어왔다. 그는 말하고 있었다. 어머니가 민욱을 죽이게 하든지, 아니면 일반적인 절차를 따라 재판정으로 보내라는 것이다. RV의 심판을 택하면 민욱은 죽게 되고, 세상의 방법을 택하면 살게 된다.

진홍은 처음으로 자신의 마음을 들여다보았다. 이쪽에서 오가는 거래의 내용을 눈치 채고 벤치 뒤 세 사람이 초조한 얼굴로 상황을 지켜보고 있었다. 특히 민욱은 입을 벌린 채 용서를 구하는 비굴한 얼굴을 하고 있었다.

"살려 줘. 살려 줘. 진홍아. 살려 줄 거지? 그치? 넌 좋은 놈이잖아."

이상한 일이었다. 볕에 드러난 그의 얼굴은 어두워 보였다. 민욱을 바라보는 진홍의 마음이 탁해진 탓인지도 모른다. 진홍은 벤치 위에 앉아 있는 어머니도 보았다. 아른대는 나목 그림자를 바라보며 백치처럼 입을 벌리고 있었다.

진홍은 한참 동안 두 사람을 번갈아 바라보았다. 민욱과 명숙. 이미 결론은 나와 있었지만 말은 전혀 다르게 나왔다.

'다른 RV면 안 되는 겁니까? 저 친구가 죽인 사람은 많잖아요. 그 사람들을 RV로 만들어서……'

말을 하고 나서 아차 싶었다. 스스로 생각해도 놀라웠다. 어머니가 아니라면 다른 사람이 민욱을 죽여도 상관없다는 뜻이었기 때문이었다. 지민이 웃음을 지었다.

"자네 마음도 내 마음과 같아진 건가?"

진홍의 눈앞에 어머니가 죽어 가던 때의 모습이 되살아났다. 어머니와의 추억이 모두 되살아났다. 그래, 이쪽이 진심이다. 진홍은 민욱이 죽기를 바라고 있다.

'네, 그래요. 저놈은 용서받을 수 없는 놈이에요. 차라리 죽어 없어지는 게 세상에 유익한 인간 말종입니다.'

박사는 알았다는 듯 고개를 끄덕였다.

"그것이 자네가 내린 판결이라 이거지?"

벤치에 앉아 있던 명숙이 안대를 벗어던졌다. 예전 리칭청을 죽일 때처럼 이상한 말들을 웅얼거리기 시작했다. 명숙은 서서히 고개를 돌리더니 등 뒤에 서 있는 민욱을 돌아보았다. 민욱의 얼굴이 하얗게 질렸다.

명숙은 민욱에게 접근했다. 양 옆에 서 있던 요원들은 명숙에게서 민욱을 보호하기 위해 품에서 권총을 꺼내들었다.

"박종호 박사님! RV의 행동을 취소하여 주십시오! 시민들이……무고한 시민들까지 위험해집니다."

경채가 소리를 질렀지만 소용없었다. 지민은 이 모든 소동을 마치 재미있는 놀이판을 보는 얼굴로 바라보고 있었다.

탕. 공포탄 소리가 공원에 울려 퍼졌다. 주위 사람들에게 위험을 알리기 위해 하형이 방아쇠를 당긴 것이다.

그러나 사람들은 마냥 제 일에 빠져 있었다. 산책을 하고, 도시락을 먹고, 새들에게 모이를 주고, 풍선을 샀다. 마치 총소리는 들리지도 않는다는 듯. 당황한 하형은 다시 한 번 허공에 총을 쏘았다. 이번에도 마찬가지였다.

시민들은 동원된 엑스트라들처럼 이쪽의 상황이 전혀 보이지 않는다는 식으로 행동하고 있었다.

설마 이 여기 모인 모든 사람들이 RV인 건가……?

진홍은 전율했다. 무섭도록 소름끼치는 풍경이었다.

명숙이 민욱에게 다가갔다. 복수에 미쳐 버린 얼굴로 자신을 살해한 가해자를 향해 달려들었다.

주변에 서 있던 사람들도 갑자기 고개를 돌리더니 천천히 이쪽으로 걸어왔다. 모두 동공이 풀린 흐릿한 눈빛이었다. 하형과 경채가 도망가려 했지만 금세 사방이 막혔다.

육박해오는 RV들은 모두 창조자의 전언을 외우고 있었다.

"그가."

"판단할 수 있게."

"하라."

"그가."

"심판할 수."

"있게."

"하라."

똑같은 문장을 동시에 말하는 방식이 아니었다. 한 사람이 한 단어를 말하면 어디선가 다른 단어를 잇는 식으로 메시지를 전달하고 있었다. 박사는 자신의 뜻을 관철시키고자 여럿의 RV를 끈 달린 목각인형처럼 자유자재로 조작하고 있었다.

"애처롭게."

"여기지."

"마라."

"그를."

"애처롭게."

"여기지."

"마."

영혼이 제거된 수많은 사람들이 로봇처럼 일사불란하게 움직이며 달려드는 풍광은 생지옥을 방불케 했다.

"그를."

"심판할."

"자."

"격."

"그걸."

"가진 사람은."

"하나."

"오로지."

"한 명."

"자격을 가진 이."

"단 한."

"명."

순식간에 하형이 사람들에게 붙들렸다.

"아아아악!"

그녀의 비명 소리를 듣고도 경채는 도울 수 없었다. 자신도 RV들에 포위되어 있는 상태였다. 경채는 총까지 떨어뜨리고 그대로 군중 속에 묻혔다.

덕분에 민욱이 자유로워졌다.

"쥬디지오."

"쥬디."

"지오."

"쥬."

"디."

"지."

"오."

아무도, 심지어 RV 집단들조차도 민욱을 잡으려 들지 않았다. 심판할 자격을 가진 사람은 단 한 명이라는 선언 그대로였다.

그를 덮치려고 하는 RV는 최명숙뿐이었다.

잠시 공황 상태에 빠져 있던 민욱은 상황을 파악하고 도망치기 시작했다. 기회를 놓쳐서는 안 된다.

명숙도 전광석화처럼 빠르게 그를 추적했다. 민욱은 바닥에 떨어진 경채의 권총을 재빠르게 잡아챘다. 그러고는 일말의 망설임도 없이 총구를 최명숙에게 겨누었다.

탕. 탕. 탕.

클레이로 다져진 사격 실력이 빛을 발했다. 명숙의 팔과 다리에 탄환이 박혀 행동이 둔해졌다. RV라도 총에 맞으면 인간과 똑같은 손상을 입게 된다. 민욱의 입가에 미소가 감돌았다. 그는 정신을 집중하고 남은 탄환을 명숙의 급소를 맞추는 데 모두 사용했다. 공원에서 모이를 먹던 비둘기들이 비명을 지르며 일제히 하늘로 날아올랐다.

소리가 나오지 않았다. 비명을 지를 수도 없었다. 눈앞에서 어머니가 또다시 무참히 살해당했다. 악몽과도 같은 현실에 진홍은 사지가 마비된 듯 꼼짝할 수 없었다.

총에 맞은 어머니는 균형을 잃고 풀썩 앞으로 고꾸라졌다. 적을 쓰러뜨린 민욱은 안도한 표정으로 몸을 돌렸다. 그러고는 뒤도 돌아보지 않고 도망치기 시작했다.

햇볕은 여전히 포석을 비추고 있었고, 하늘은 새파랬다.

진홍의 가슴 속에서 뜨거운 의분이 솟구쳤다. 지금 그의 눈에 보이는 건 공원을 가로질러 도망치는 살인자의 뒷모습이었다. 용서할 수 없었다. 사람들에게 결박당하다시피 한 하형이 사력을 다해 자신의 권총을 던져주었다. 권총은 빙글빙글 포물선을 그리더니 진홍의 앞으로 떨어졌다.

진홍은 천천히 몸을 숙여 총을 집어 들었다.

"그것이 자네가 내리는 판결인가?"

어느새 진짜 모습을 드러낸 박사가 벤치에 앉아 모든 것을 지켜보고 있었다. 어린 아들을 품에 안은 그의 모습은 생각했던 것보다 늙고 지쳐 보였다. 새치가 많은 머리칼. 선량한 눈. 아무리 봐도 미친 사람처럼은 보이지 않았다. 하지만 박사는 진홍을 말리지 않고 있었다. 만류했다 하더라도 어차피 거절했을 것이다. 비로소 모든 게 명확하게 보이는 기분이었다.

진홍은 대답했다.

"예. 그렇습니다. 이것이 제가 저 녀석에게 내리는 진짜 판결입니다."

진홍은 총을 손에 들고 도망치는 민욱의 등을 겨냥했다.

10장

심판

사람들이 수런거리는 소리가 들려온다. 어지러웠다. 눈이 흐릿해서 초점도 잘 잡히지 않는다. 천장에는 수술실에서나 볼 수 있을 법한 무영등이 달려 있었다.

"끝난 겁니까?"

귀에 익은 목소리가 들려왔다.

"그래요. 이제 곧 반응이 나타나겠지요."

누군가 이마에 연결되어 있던 전선을 떼어냈다. 머리가 아팠다. 눈을 끔벅여 정면을 바라보았다.

익숙한 얼굴이 눈앞에 있었다. 날카로운 시선으로 진홍을 내려다보고 있었다. 거울을 보고 있는 게 아닌가, 얼떨떨해졌다.

진홍과 똑같이 생긴 사람이 침대 옆에 서서 그를 보고 있었다. 누나 성희에게 선물 받은 면 재킷에 터틀넥을 입고 있었다.

"이번에는 또 뭐야? 복제인간……?"

질문을 던지는 목소리가 남의 것처럼 낯설었다. 자신과 똑같이 생긴 터틀넥은 경멸 어린 표정을 지으며 몸을 돌렸다. 그는 침대 옆에 있는 의사와 대화를 나누었다.

"기억이 돌아오는 데 얼마나 걸리죠?"

"조금만 기다려 주세요. 아무래도 약물이 해독되는 데 시간이 걸리니까요."

시력이 점차 원상으로 회복되어 주변 모습이 눈에 들어왔다.

창문 하나 없이 사방이 밀폐된 곳이었다. 그가 누워 있는 곳은 침대라기보다는 수술대처럼 보였다. 침대 맡에는 복잡하게 보이는 기계들과 거대한 모니터가 있었다.

"어머니는……? 어머니는 어디에?"

아무도 대답하는 사람이 없었다. 모니터의 마지막 화면은 진홍의 기억과 일치했다.

공원을 빠져나가는 민욱의 뒷모습이었다.

그 위로 붉은 낙인과도 같은 글자가 떠 있었다.

SSS 종료.

Prisoner No.102-2745 Case-1 Complete.

우측에 마련된 복층 별실 유리벽 너머에는 서른 명 정도의 사람들이 배심원처럼 앉아 있었다. 의사는 마이크를 잡고 설명을 시작했다.

"이상으로 죄수번호 102-2745, 이민욱의 SSS 케이스 1이 완료되었습니다. 투여된 약물로 아직 의식이 혼미한 상태입니다마는, 방금 전 보인 각성 반응만 보아도 SSS의 우수성을 충분히 짐작하셨으리라 생각합니다.

죄수 102-2745는 가상 현실에서 벗어나자마자 어머니의 안부부터 확인했습니다. 이는 그가 피해자 최명숙의 신변을 염려할 수 있는 감정적, 정서적 능력을 어느 정도 획득했음을 의미합니다. 회기가 반복될수록 타인에 대한 관점 수용 능력이 크게 높아지리라 기대됩니다."

다음으로 뒤에 있던 장신의 여의사가 마이크를 넘겨받았다. 그녀는 모니터에 나온 화면을 보조 자료로 활용해 가며 기술적인 설명을 더했다. 사이코패스들이 가지는 뇌 구조적 결함을 간략히 언급하고 그것을 보완하기 위해 약물 투여 후, 가상 현실을 체험하게 한다고 했다.

"저희는 유가족 분들께 공여 받은 기억을 재구성하여 한 편의 스토리 라인을 만들고, 그걸 기반으로 죄수의 뇌가 가상 현실을 체험하게 했습니다. 가상 현실 속에서 죄수는 피해자의 유가족이 되어 자기가 저지른 범행을, 타인에게 끼친 악영향을 직접 경험할 수 있게 되죠.

여러분들이 알고 계시는 바와 같이 SSS는 사이코패스로 확실히 진단을 받은 죄수들에 한해 행해지는 프로그램입니다.

보통 사람들과 달리 그들은 뇌 구조와 호르몬 분비에 문제를 가지고 있는 것으로 알려져 있습니다. 그래서 SSS를 작동시킬 때면 일정량의 세로토닌을 필수적으로 투여하고 죄수가 프로그램 속 타인의 자아상에 거부감을 일으키지 않게 유도합니다. 거기에 전기신호를 더해 전전두엽, 측두-두정엽, 측두고랑 뒷부분의 기능을 약화시킵니다. '자아경계'를 일시적으로 무너뜨리는 거죠. 아무리 강력하고 교화 가능한 스토리라인으로 SSS 프로그램을 구성했다 하더라도 호르몬 분비가 원활하지 않으면 유효한 결과를 도출할 수 없습니다."

여자의 목소리는 낯설지 않았다. 그것은 진홍을 담당했던 요원 하형의 목소리와 똑같았다. 얼굴 생김은 전혀 달랐지만 빈틈없이 깔끔한 아나운서 톤의 목소리. 하형이 틀림없었다. 그러고 보니 아까 들었던 남자 의사의 목소리는 경채였다.

설명을 하면서도 여자는 수시로 침상 위를 힐긋댔다. 아무래도 그가 회복되기를 기다리느라 일부러 말을 길게 하는 모양이었다. 진홍은 그녀가 하는 말을 제대로 이해할 수 없었다. 꿈을 꾸고 난 것처럼 머리가 무거웠다.

따끔한 충격과 함께 오른쪽 팔에 주사가 놓아졌다.

점차 의식이 맑아졌다.

하형의 설명은 SSS의 역사로 이어졌다.

21세기에 접어들면서 종전과는 다른 종류의 흉악 범죄가 늘어났다. 잔혹해지는 범죄와는 별개로 사형제의 실효성과 폐해에 대한 고민도 늘어갔다. 그런 와중에 시작된 새로운 형벌에 관한 모색은 뇌신경학의 발전, 컴퓨터 기술의 도입에 힘입어 놀라운 진보를 이루게 되었다.

죄수의 뇌에 직접 작용하는 방식의 가상 현실 교화 시스템 SSS를 개발한 건 한국계 박종호 박사였다. 그는 아들의 유괴와 죽음이라는 개인적인 아픔을 승화시켜 연구에 매진했고 심리학과 생리학, 컴퓨터 공학이 조화를 이룬 혁신적인 개념의 교화 시스템을 제안했다. 교도 시설에 드는 세금을 줄이고자 했던 미국 연방 정부는 연구에 관심을 보이고 재정적 지원을 해 주었다. 뇌에 작용하는 가상 현실 기술을 실험 중이었던 기업체들은 감형을 원하는 사형수들을 실험 지원자로 활용할 수 있어 실험에 협업자로 대거 참여했다.

SSS 실행 초기에는 죄수가 치명적인 뇌 손상을 입거나 자신이 저지른 범죄에 대한 충격을 극복하지 못하고 자살을 선택하기도 했다. 유가족의 경험과 기억을 추출해서 가상 현실을 구성하는 현재와 달리 초기에는 피해자가 겪은 아픔과 사건을 실제적으로 재구성했기 때문이었다. SSS 속에서 자신이 가한 범죄의 희생양이 된 범죄자들은 충격을 이기지 못하고 쇼크사했다. 이후 윤리적인 비판이 제기되면서 대안으로 피해자들을 향한 유가족들의 애정과 추억이 전면적으로 활용되었다.

시스템이 안정된 이후 SSS는 혁신적인 교화 효과를 보여 주었다. 회기를 완료한 범죄자들이 종교적인 체험을 한 사람들처럼 온순해지며, 이성적이 되고, 묵묵히 갱생의 길을 걸었다.

범죄자들의 진심어린 참회는 피해 유가족들의 정신적 상처 회복에도 크게 도움이 되었다. 예일대 심리학 교수 토마스 크라고의 연구에 의하면 SSS를 성공적으로 끝마친 범죄자들과 유가족들의 면회가 이루어졌을 경우, 면회를 하지 않은 경우에 비해 유가족들이 불면증과 우울증에서 벗어날 확률이 5배 이상 높아지는 것으로 나왔다.

업적을 인정받은 박종호 박사는 노벨 평화상을 수상하기도 했다.

"그럼 SSS 적용 전 102-2745의 영상을 보시겠습니다."

하형이 모니터를 가리키며 말했다.

* * *

거대한 모니터에는 죄수복을 입은 민욱이 비쳤다. 수갑을 차고 붉은색 죄수복을 입은 102-2745가 안전유리 너머에 앉은 진홍에게 말을 걸고 있었다.

"너도 느껴 봤어야 해."

민욱의 눈에는 광기가 흘렀다.

"내가 느꼈던 것이 어떤 쾌락인지 너도 맛보았어야 해. 응? 진홍아. 최고야. 죽어 가는 여자들을 안는 것은 보통 여자들을 안는 것과는 차원이 달라. 내가 여자들을 잔인하게 죽였다고? 흥. 천만의 말씀. 나는 언제나 자비로웠어. 내 손에서 최후를 맞이한 여자들은 최고의 쾌락을 맛보았어, 그녀들이 평생 살아도 느끼지 못했을 열락이었다고.

어차피 성적 쾌감이란 자극을 줘서 질 근육을 경련시키는 것뿐이야. 나는 그녀들이 오르가즘에 도달하는 순간, 모든 뇌세포에 옥시토신이 퍼지는 그 순간에 죽음을 하사함으로써 온몸의 근육을 보다 오래 경직되게 만들었어. 순도 높은 마약을 최대치로 사용해 환희를 지속시켰고, 고통은 줄여 주었지⋯⋯."

경악하는 진홍에 아랑곳하지 않고 죄수 102-2745는 궤변을 주절거리고 있었다.

"이런 이야기를 진즉 털어놓았다면 얼마나 좋았을까. 그럼 너도 같이 즐겼을 거 아냐? 정말 아쉬워. 내가 감옥에 가게 되어서 아쉽다는 게 아니야. 난 이미 인간이 느낄 수 있는 최상의 쾌락을 맛보았어. 돈도 여자도 쾌락도. 감옥에서 몇 년 지낸다고 해도 내 가슴에 새겨진 쾌락의 추억들은 소중하게 남아 있을 거야.

내가 아쉬워하는 건 너야. 너는 아무 것도 모른 채 지금까지 살아왔지? 앞으로도 평생 지루하게 보내겠지. 지고의 육락을 모르고, 마약 같은 환희를 모르고. 너랑 한번만 일을 치렀다면 좋았을 텐데⋯⋯. 그럼 너는 그런 눈으로 나를 바라보지 않았을 거야. 오히려 감사했을 걸. 고작 어머니를 죽인 일 가지고 트집 잡지 않았을 거고. 진정한 파트너가 되었을지도 몰라. 니가 한 번만, 딱 한 번만 내 방식대로 여자를 안았더라면⋯⋯."

* * *

흰 가운을 입은 여자는 영상을 정지시켰다.

"수감 직후 촬영된 영상입니다. 죄수의 말은 그대로 추출되어 SSS
에서 사용되었습니다. CASE-1에서 이미 보셨겠지만 자신이 했던
말이었음에도 불구하고 102-2745는 CASE-1 속에서 이 말을 듣고
심박수와 아드레날린 분비가 치솟는 전형적인 분노 반응을 보였습
니다. 또 다른 영상을 보시겠습니다. 방금 전 SSS에서 추출된 영상
입니다."

다음 영상이 재생되었다.

* * *

장소는 동대문 역사공원이었다. 지민과 민욱이 대화를 나누고 있
었다.

"……저희 어머니는 그런 사람이 아니었어요. 범죄자에게 잔인하
게 살해당했지만 어머니는 결코 자신이 살인자가 되어 그를 죽이길
원하지는 않았을 거예요. 당신이 완성해 낸 SSS는 죽은 자의 존엄성
을 심각하게 훼손했습니다."

"죽은 자의 존엄성을 해쳤다고?"

지민이 웃었다.

"화를 내고 있는 거야? 돌아가신 어머니를 대신해서?"

*　*　*

영상이 멈췄다.

"주목할 만한 변화입니다. 현실세계 속에서 서진홍 씨의 어머니를 살해하고 다른 여자들을 살해한 죄수가 SSS를 체험한 뒤 희생자의 존엄성을 염려하게 된 것입니다. 그리고 영상을 보셔서 아시겠지만 죄수 102-2745는 수시로 최명숙을 자신의 어머니라고 여겨 애착을 보였고, 그녀를 위해 살인의 동기인 회사를 포기하기까지 했습니다. 이것이 SSS의 힘인 것입니다."

진홍, 아니 민욱은 침대에서 몸을 일으켰다. 붉은색 죄수복에는 102-2745이라는 수형번호가 확실하게 찍혀 있었다. 두통은 여전했지만 이제 모든 것이 확실히 기억이 났다. 투덜거리며 감방에서 나오던 일도 침상에 눕던 일도, SSS가 실행되기 전에 진홍과 다른 사람들에게 욕설을 퍼붓던 일까지 선명하게 기억이 났다.

동시에 가상 현실 속에서 들었던 박사의 말도 생각났다.

"내가 생각한 최고 형벌의 선이 무엇이냐고 물었었지?

최고의 형벌은 사랑이야. 그건 너무나도 간단한 거였어. 괴로워야 할 건 내가 아니잖아. 죄를 지은 장본인이지. 최고의 형벌이 무어냐고? 그건 죄인에게 사랑을 깨닫게 하는 거야. 피해자를 향한 불타는 사랑 말이야.

그건 결코 종교의 교리처럼 낭만적인 게 아니야. 가장 진보한 형벌이 갖춰야 할 요건이지. 완전한 교화와 잔혹한 징벌 두 가지를 동시에 만족시키는 시스템. 내가 완성한 건 그런 거였어."

민욱은 유리벽 너머 앉아 있는 사람들의 얼굴을 보았다. 터틀넥을 입은 진홍의 얼굴이 보였다. 똑같은 유리벽에 자신의 얼굴도 비치고 있었다.

살인자의 얼굴이었다.

민욱은 자신의 손을 보았다. 수많은 소녀들을 유린하고 죽였던 기억이 났다. 그녀들을 예쁘게 치장하고 사진까지 찍어 두었었다. 심지어 진홍의 어머니를 죽이라고 교사했던 중국인까지 살해했었다. 모든 게 기억이 났다.

가상 현실 속에서 강예종 목사가 했던 말이 떠올랐다.

"용서는 남을 위한 게 아니다. 너 자신을 위한 거야."

그 말이 무슨 뜻인지 이제야 제대로 이해할 수 있었다. 마지막 순간 박종호 박사가 던진 말도 기억났다.

"그것이 자네가 내리는 판결인가?"

여의사는 설명을 계속하고 있었다. 아무리 피해자의 유가족들을 기억을 이식한다고 해도 SSS 내에서 자의식만큼은 범죄자의 것으로 운용된다고 했다.

즉, SSS 내에서 진홍이 민욱에게 총을 쏜 일은 자의자결(自意自決)의 사형판결이었던 것이다.

여자는 말했다.

"박종호 박사님은 생전에 이런 말씀을 하셨습니다.

용서가 피해자의 것이 되어야 한다고 떠미는 현실은 너무도 잔인하다. 피해자들을 강렬한 증오심과 고통과 상처 가운데로 떠밀어 놓고, 본인은 조금의 가책도 가지지 않은 채 감방 안에서 하루하루를 보내는 인간들에게 마땅히 피해자들이 짊어진 상처의 무게를 나누어 주어야 한다. SSS를 만들면서 나는 살인자가 자신의 정신으로 자신의 죄과(罪科)를 판단하게 만들고 싶었다.

그는 SSS 속에서 피해자인 동시에 가해자가 된다. SSS에서 깨어난 범죄자는 엄청난 죄의식에 시달린다. 가장 인간적인 감정인 죄책감을 회복하는 것이다. 자신을 용서하지 않고서는 살아 갈 수 없지만, 그렇다고 손쉽게 자신을 용서할 수도 없는 상태에 이르러 평생을 참회하게 된다.

이것이야 말로 독선에 빠진 죄인에게 내려지는 완벽한 심판이다."

"웃기지 마!"

민욱은 고함을 질렀다.

무엇이 완벽한 심판이고, 완전한 형벌이란 말인가.

민욱은 비틀거리며 침상에서 일어나 벽에 자신의 머리를 박았다. 붉은 피가 이마에서 흘러나왔다.

"거짓말 하지 마. 이건 현실이 아니야. 거짓말!"

고통 속에서 어머니가 떠올랐다.

어린 시절 대청마루에서 함께 낮잠을 자던 일이 생각났다. 자신을 안아 주던 어머니의 따뜻한 체온. 체취. 어머니는 바다와 같이 자신을 감싸주었다. 어머니가 오토바이를 탄 괴한에게 찔려 돌아가시던 모습도 선명히 떠올랐다. 모든 것이 이식된 기억이라는 게 믿어지지 않았다.

자신은 명숙의 아들이 아니었다. 진홍의 어머니를 죽이라고 사주했던 장본인이다.

의료진은 발작하는 민욱에게 진정제를 투여했다.

"걱정하지 마십시오. 이것은 SSS를 끝마친 죄수들이 흔히 보이는 착란 반응입니다. 간혹 현실을 받아들이지 못하고 지속적인 착란을 일으키는 경우도 있지만 그건 유가족 여러분이 걱정하실 일이 아닙니다. 죄인의 내면이 스스로를 벌주는 것. 인간으로서 아주 자연스러운 참회의 과정이기 때문입니다.

저희 의료진은 최선을 다해 죄수를 회복시킬 것입니다. 죄수 102-2745의 사건은 마지막 케이스까지 순조롭게 진행될 예정입니다.

그럼 다음 케이스 때 뵙겠습니다. 편안하시길 바랍니다."

하형의 목소리를 한 의사가 고개를 꾸벅 숙였다. 유리벽 너머로 우레와 같은 박수가 터져 나왔다.

개중에는 눈물을 흘리는 사람들도 있었다.

민욱은 바퀴가 달린 자동 운행 침상에 실려 수형실을 빠져나갔다.

그가 죽인 사람은 모두 열세 명. 앞으로도 그가 체험할 케이스는 열두 개가 남아 있었다.

〈끝〉

종료되었습니다

1판 1쇄 펴냄 2017년 9월 22일
1판 4쇄 펴냄 2021년 9월 20일

지은이 | 박하익
발행인 | 박근섭
편집인 | 김준혁
펴낸곳 | 황금가지

출판등록 | 2009. 10. 8 (제2009-000273호)
주소 | 135-887 서울 강남구 신사동 506 강남출판문화센터 5층
전화 | **영업부** 515-2000 **편집부** 3446-8774 **팩시밀리** 515-2007
홈페이지 | www.goldenbough.co.kr

도서 파본 등의 이유로 반송이 필요할 경우에는 구매처에서 교환하시고
출판사 교환이 필요할 경우에는 아래 주소로 반송 사유를 적어 도서와 함께 보내주세요.
135-887 서울 강남구 신사동 506 강남출판문화센터 6층 민음인 마케팅부

㈜민음인은 민음사 출판 그룹의 자회사입니다.
황금가지는 ㈜민음인의 픽션 전문 출간 브랜드입니다.